AF359852

ARLEQUIN
MISANTROPE
COMEDIE.

A PARIS,
Chez HENRY LAMBIN, ruë de petit
Pont, vis-à-vis la ruë de la Huchette.

<hr>

M. DC. XCVII.
Avec Privilege du Roy.

ACTEURS.

Arlequin.

Octave, *Amant de Colombine.*

Colombine.

Le Docteur, *Pere d'Octave.*

Scaramouche, *valet d'Octave.*

Pierrot, *valet d'Arlequin.*

Mr Disanvray, *Philosophe.*

Me de l'Architrave, *Architecte.*

Mezzetin, *intrigant.*

La Comtesse.

Le Chevalier.

Un Vieillard, *& sa femme.*

Deux Gascones.

Un Peintre.

Un Libraire.

Mr de Corlason, *Maistre à dancer.*

Le Fils & la Fille *du Docteur.*

Jaquet *Paysan.*

Macine *Paysanne.*

Mr de Geresol, *Maistre à chanter.*

M. de la Cabriole, *Maistre à dancer.*

La Scene est dans un bois.

PROLOGUE.

ARLEQUIN, COLOMBINE.

ARLEQUIN.

NON, te dis-je, je ne la joüerai pas.

Colombine. Mais tu te moques.

Arlequin. Il n'y a point de plaisante-rie à cela, & j'aimerois mieux être Arlequin Co-chon, Arlequin Dogue, Signe, Taureau, & tout ce qu'il te plaira, que d'être Arlequin Mi-santrope.

Colombine. Eh bien, il faut donc se resoudre à faire rendre l'argent. Quoi renvoyer tout ce beau monde-là ? Il faut avoir le cœur bien dur. Ah ! ah !

Arlequin. Oh, je te connois, tu es tout com-me les autres femmes ; il n'y a que l'interest qui te gouverne ; & quand tu deplores ce beau mon-de-là, tu le regardes bien moins au visage qu'à la bourse.

Colombine. Mais serieusement, crois-tu ne pouvoir être Misantrope, sans déroger à ton Ar-lequinisme ?

Arlequin. Non vrayement, un Misantrope est un homme d'esprit une fois, & tout le monde sçait que je ne suis qu'un sot.

Colombine. Tu n'es pas glorieux, à ce que je vois.

Arlequin. Oh, ma foi, si tous les sots rougis-soient de l'être, on ne rencontreroit dans les rues que des visages d'écarlate.

Colombine. Parlons un peu raison.

Arlequin. Parlons plûtôt un langage que tout

le monde entende : mais s'il s'agit d'argumenter, me voilà ſur mes bans. Allons.

Colombine. Vous étes un ſot, dites-vous ?

Arlequin. *Concedo majorem.*

Colombine. Or eſt-il qu'il y a pluſieurs pieces où vous faites l'homme d'eſprit : donc pour être un ſot vous ne laiſſez pas de pouvoir fort bien joüer le Miſantrope.

Arlequin. *Nego conſequentiam.* N'eſt-ce pas bien raiſonner. Vous étes une ſalope, il y a des pieces où vous faites la femme d'importance, *Ergo* vous n'étes pas une ſalope. Cela fait pitié.

Colombine. Mais ne fais-tu pas l'Apotiquaire dans l'Empereur de la lune ?

Arlequin. Il eſt vrai qu'il faut un eſprit bien profond, pour mettre dextrement un lavement en place.

Colombine. Ne fais tu pas l'Avocat, le Procureur, le Baron, le Marquis ?

Arlequin. Et parmi les Avocats, les Procureurs, les Barons, les Marquis, n'y a-t'il point de ſots ? Tien ma pauvre Colombine, ne nous abuſons point. Feüilletons tous les annales arlequiniques, repaſſons ſur les faits & geſtes de tous les Arlequins du monde, je te deffie d'en trouver un Miſantrope. Nous ſommes de bons petits hommes, qui faiſons gracieuſement une cullebutte, nous ſoupirons tendrement pour une belle marmitonne comme toy, nous faiſons éloquemment le panegyrique d'une bonne ſoupe, & déplorons avec énergie la cherté du vin & du fromage de Milan. Mais n'en demande pas davantage : c'eſt-là le *non plus altra* de nôtre ſçavoir faire.

Colombine. Treve de modeſtie. Je te répons moy que tu te tireras bien du rôlle qu'on t'a donné.

Arlequin.. Il faudroit pour ma sureté que ces Messieurs m'en repondissent solidairement avec toy. Mais supposons que je veille joüer cette piece, qui l'annoncera ? Tu sçais bien qu'Octave ne veut pas s'en mêler, & qu'aujourd'hui une piece ne sçauroit réüssir si elle n'est annoncée, & si l'Auteur ne vient demander humblement quartier aux Auditeurs, les prevenir sur les défauts, & les prier de ne chercher pas plus d'esprit & de raison dans la prose que de rime & de mesure dans les vers.

Colombine. Est-ce là ce qui t'embarrasse. Je l'annoncerai, moy.

Arlequin. Et en ce cas, j'en augure bien ; car on ne parvient aujourd'hui que par le Canal des femmes.

Colombine annonce. Quelque liberté que donne nôtre Théatre de grossir les traits & de changer les idées ; vous sçavez-bien, Messieurs, qu'il y a une extrême difference entre un Arlequin & un Philosophe. Ainsi si vous nous trouvez dans quelques endroits un peu au dessus de nôtre Jeu ordinaire, n'en accusez que le desir ardent que nous avons de vous plaire : C'est lui qui nous a fait choisir le plan de Satire que nous allons vous donner, dans lequel nous avons neanmoins si bien mêlé toutes les gentillesses du Théatre Italien, que si le goût du siecle étoit un peu moins difficile, nous oserions nous flatter d'y avoir mis dequoi contenter tout le monde. Heureux si nous avions pû atteindre à ce but qui doit être la seule fin de la Comedie, de corriger les mœurs en divertissant l'esprit, plus heureux encore, si à la fin de nôtre Piece, que nous vous supplions d'écouter jusqu'au bout, vous nous donnez des marques que vous sortez contents.

ACTE I.
SCENE I.

Arlequin dans un bois parmi des Animaux qu'il saluë.

BOn jour camarade. Ah, de tout mon cœur. Je suis vôtre tres-humble serviteur. Vôtre valet de toute mon ame. Ma foy il n'est point de pire animal que l'homme, & il n'en est pas de moins humain. Eh quoi, ces pauvres petites bêtes ne me disent pas le moindre mot : Je ne vois point ici de ces esprits aigres, qui se font un point d'honneur de ne convenir jamais. Je vis à ma fantaisie, & les Lions qui sont Seigneurs Hauts Justiciers & Magistrats en dernier ressort de ces bois, n'exigent point de moi que j'aille me morfondre sur leur escalier, ou m'ennuyer dans leur Antichambre. Je ne suis point éclaboussé par un parvenu, qui à la faveur d'une metamorphose qu'il a peine à concevoir lui-même, se trouve dans un Carrosse que son pere menoit jadis. Je n'essuye rien de la polissonnerie des petits maistres, & ne suis point obligé de me recrier sur les fadaises d'un mauvais plaisant de qualité, qui fait vingt fois par jour passer en revuë cinq ou six mauvais contes qu'il a pillé dans l'Espiegle ou dans le Tombeau de la mélancolie. Je ne vais point faire ma cour à un Grand de nouvelle édition, qui embarrassé de sa personne, & plus droit qu'un échalas, semble avoir perdu l'usage des mouvemens de son corps, qui jette à peine les yeux sur la foule d'adulateurs qui l'environne & croiroit m'honorer beaucoup, s'il pouvoit prendre sur sa paralitique gravité un mouvement de Pagode pour faire voir qu'il m'a remarqué. Je ne preste point ici une attention de trois heures au recit burlesque des proüesses d'un Fanfaron qui ne s'est jamais montré aux ennemis que par la croupe de son Cheval. Nulle complaisance ne m'engage de répondre aux mines enfantines d'une beauté surannée qui oublie qu'elle n'a pas une dent dans la bouche, sur laquelle Carmeline n'ait une hipoteque speciale. Je me promene seul & ne gobe point la nuée de poudre, qu'excite dans la grande allée des Tuilleries, le superflus du manteau des Coquettes à taille équivoque. Je n'y vois point de ces Marquises de contrebande qui en gourgandine & en petites mules, portent répanduë sur toute leur personne une idée d'occasion prochaine. Enfin je suis ici à couvert des impertinences dont Paris est rempli, & je trouve que ce n'est qu'avec les Animaux qu'on se défait de la ferocité qu'on a contractée avec les hommes. Oüi, mes chers camarades, c'est avec vous seuls qu'on peut vivre en repos. Je hais les hommes, je les déteste, ils sont faux, doubles, hipocrites, méprisables.

> *Bien entendu, qu'en ceci,*
> *La Femme est comprise aussi.*

Oüi, si j'en trouvois quelqu'une, je me ferois un plaisir de la traiter comme elle merite. Je la ... *il apperçoit Colombine.* Ohimé.

SCENE II.

Colombine, Arlequin.

COLOMBINE.

AH, Monsieur que je suis heureuse de trouver une figure d'homme dans un lieu où je ne vois que des Bestes.

Arlequin à part. Figure d'homme ? Elle est toute jolie. Je me défie furieusement de moy-même.

Colombine. Monsieur, ne pourriez-vous point me dire des nouvelles de ce que je cherche ?

A ij

Arlequin à part. Tenons bon.

Colombine. Il me tourne le dos. Que je suis malheureuse !

Arlequin à part. La charmante pleureuse ! Que je crains pour la Misantropie.

Colombine. Monsieur, ne me rebutez-pas, je vous en conjure.

Arlequin allant & revenant. Non, ... Ce sexe est fait pour tromper tout le monde.

Colombine. Ah, craignez-vous quelque chose d'une malheureuse qui implore vôtre secours ?

Arlequin. Vous êtes plus à craindre pour moi que toutes les bestes de ces bois.

Colombine. Mais qu'apprehendez vous ?

Arlequin. Mais que demandez-vous ?

Colombine. Que vous ayez la bonté de m'écouter & de me répondre.

Arlequin. Parlez : car c'est folie de vouloir empêcher une femme de parler.

Colombine. Il y a huit jours, Monsieur, que je suis sortie de Paris, pour chercher un scelerat, un parjure, un perfide . . .

Arlequin. Quoy, ma mie, vous partez exprés de Paris, pour chercher un mal-honnestehomme ? Eh fy, vous n'y pensez-pas ? Si j'avois à chercher un perfide, un parjure, un scelerat, sans aucun frais de queste j'irois tout droit à Paris.

Colombine. N'insultez point une malheureuse; & si vous êtes insensible à mes maux, ne les rendez pas plus cuisans par vos railleries.

Arlequin. Eh bien, la belle enfant, quelle est la cause de vôtre douleur ?

Colombine. Monsieur, il y a environ quatre ans que ma mere est veuve.

Arlequin. Tant mieux pour elle, & tant pis pour vous.

Colombine. Comme mon pere n'avoit pas laissé beaucoup de bien, elle fut obligée de se servir de ſes meubles pour gagner ſa vie.

Arlequin. C'eſt un expedient dont bien des femmes s'aviſent.

Colombine. Je veux dire, qu'elle meubla une maiſon où venoient loger beaucoup de gens de qualité & ſur tout grand nombre d'Etrangers.

Arlequin. C'eſt à dire ſouvent, grand nombre de dupes.

Colombine. Ma mere qui n'avoit que moy d'enfans, me donnoit la meilleur éducation qui'l lui étoit poſſible, & tâchoit de m'inſpirer les airs d'une perſonne de condition.

Arlequin. Education bien conditionnée.

Colombine. A vous dire le vrai, je me ſuis toujours ſentie une furieuſe inclination d'eſtre grande Dame.

Arlequin. La pauvre petite !

Colombine. Je n'avois que douze ans, quand ma mere fit tirer mon horoſcope. On dit que ma beauté feroit ma fortune ; & on aſſure même que j'ai dans là main une couronne fort bien marquée.

Arlequin. Pronoſtic pour la teſte du futur.

Colombine. Parmi les Etrangers qui logeoient chez nous, il y avoit un jeune Prince, Allemand fait à peindre & beau comme les amours ; nous apprenions à chanter du même Maître, & liſons les Romans enſemble.

Arlequin. Suite du Pronoſtic. C'eſt ici le voyage de l'Iſle d'Amour ? Eh bien, comment vous embarquâtes vous.

Colombine. Un jour que nous étions dans le Jardin, il me fit une declaration d'amour toute priſe du troiſiéme tome de Cyrus.

Arlequin. L'habile homme !

Colombine. Dame, comme j'avois les idées fraîches auſſi bien que lui, je le payai ſur le champ en même monoye.

Arlequin. La belle presence d'esprit.

Colombine. Depuis ce temps-là, il ne me quittroit presque plus, il s'ennuyoit par tout où je n'étois point, & me disoit cent fois le jour qu'il m'aimoit plus que lui-même.

Arlequin. Et vôtre mere vous prestoit ses meubles.

Colombine. Oh ! elle se défia de cette grande familiarité ; elle sçavoit par experience.... Enfin elle me défendit de le voir, & me mit en pension chez une de mes tantes.

Arlequin. De sorte que vous ne vîtes plus le godelureau, vous ne sçûtes plus de ses nouvelles !

Colombine. Bon, à quoi nous auroit donc servi le Maître à chanter ? Le Prince le mit si bien dans nos interests, qu'il me donnoit tous les jours un billet de sa part, & lui en reportoit la réponse.

Arlequin. Il est vrai que ces Messieurs les Maîtres à chanter, ont un furieux tendre pour les amans persecutez.

Colombine. Ce n'est pas tout. Comme le Prince ne pouvoit pas me voir chez ma tante, le Maître à chanter obtint d'elle qu'elle me permettroit d'aller à un Concert où il y auroit beaucoup de gens de qualité.

Arlequin. Vous y fûtes sous le bon plaisir de la bonne tante ?

Colombine. Oüi, j'y fus avec une fille du voisinage ; mais au lieu de Concert nous ne trouvâmes que le Prince : j'entrai dans le chambre où il étoit, pendant que le Musicien entretenoit nôtre voisine.

Arlequin. Ouf maudit ménetrier. Eh bien, eh bien, que fites-vous-là ?

Colombine. Oh Dame, Monsieur, quand on s'aime bien, qu'un Maître à chanter conduit l'intrigue, & qu'on a une si belle occasion de vorifier les predictions . . . . je songeai à mon horos-cope, & mon jeune Prince me fit une promesse de Mariage.

Arlequin. Voilà le dénoüement.

Colombine. Nous nous vîmes encore plusieurs fois chez le Musicien, sous le même pretexte de Concert.

Arlequin. Eh, que ces Concerts déconcertent de jolies filles, mais enfin.

Colombine. Mais enfin, il y a aujourd'hui six jours que j'appris par un bruit de Ville que le Prince avoit disparu. Je vous laisse à penser si cette nouvelle me perça le cœur; mais sans m'amuser à pleurer, je pris tout ce que j'avois d'argent, & quelques pierreries que ma mere m'avoit données, & je montai à cheval resoluë de chercher mon infidelle par tout le monde; & de le suivre jusqu'aux extremitez de la terre.

Arlequin. Voila un beau dessein.

Colombine. Ah, Monsieur, je le trouverai, ou je mourrai à la peine; il y a deux ans que je l'aime

Arlequin. Comment donc, deux ans? & je ne croyois pas que depuis feu Artemise de constante memoire, aucune femme eut aimé plus de vingt-quatre heures.

Colombine. Je l'aimerai jusqu'à la mort.

Arlequin. Cela n'est pas bien seur. Mais aussi, n'est-ce pas la Principauté que vous courez plûtôt que l'Amant; ce que les femmes de ce temps cy, ne mettent pas en amour, elles le dépensent bien & au delà en ambition.

Colombine. Quelle injure vous faites à la sincerité de mes sentimens! Oüi quand mon amant seroit le dernier des hommes, je ne l'en aimerois pas moins.

Arlequin. Une fille qui n'aime, ni par ambition ni par interest? quelle merveille! Voila mon fait. Mettons nous bien dans son esprit. Mademoiselle je vous plains, & vous offre tout ce qui dépend de moy. Venez vous repoſer, nous tâcherons de ſçavoir des nouvelles de ce que vous cherchez.

Colombine. Ce n'eſt pas un médiocre avantage, de trouver en l'état où je ſuisquelqu'un qui prenne part à mes diſgraces.

SCENE III.
Octave, Scaramouche en habit de livrée.
OCTAVE.

O Ciel! dans quelle étrange ſituation me trouvai-je? Je ſuis Colombine, & mon cœur court aprés elle, depuis ſix jours que je l'ai quittée. J'ai ſouffert tout ce que... Mais ne vois je pas Scaramouche que j'avois laiſſé à Paris pour m'en apporter des nouvelles.

Scaramouche. Gare Monſieur, gare, prenez garde, hem, n'eſt-elle pas là?

Octave. Qui?

Scaramouche. Colombine.

Octave. Colombine?

Scaramouche. Oüi Colombine, elle doit être ici.

Octave. Mais comment veux-tu qu'elle ſoit ici puiſque je l'ai laiſſée à Paris?

Scaramouche. Diable, une fille de Paris un peu jolie, fait bien du chemin en peu de temps.

Octave. Je n'entend rien à ton peſte de galimatias.

Scaramouche. Cela veut dire, Monſieur, que le lendemain de voſtre départ de Paris, Colombine monta à cheval pour vous ſuivre.

Octave. Eh bien, Scaramouche.

Scaramouche. Eh bien, il y a cinq jours qu'elle vous ſuit, elle vous doit avoir joint.

Octave. Mais ne ſçachant pas où je ſuis, comment veúx-tu qu'elle me trouve.

Scaramouche. Oh diable, Monſieur, une fille

amoureuſe a bon nez , & un amant aimé eſt un gibier dont il n'eſt pas mal-aiſé de ſuivre la piſte. Je vous dis encore un coup, que ſi Colombine n'eſt pas ici, elle y ſera bientôt.

Octave. Mais, dis-moy Scaramouche, lors que Colombine aprit mon départ, que fit-elle ? Que dit-elle de mon abſence ?

Scaramouche pleurant. Ah, Monſieur, c'eſt une choſe déplorable. La pauvre fille ! Je ne ſçaurois m'empêcher de pleurer, car je ſuis tendre auſſi.

Octave. Helas !

Scaramouche riant. C'étoit la plus drole de choſe ; quand j'y ſonge, je ne puis m'empêcher de rire.

Octave. Et de quoi ris-tu Coquin ?

Scaramouche. De la mine qu'elle fit quand vous futes party.

Octave. Maraut.

Scaramouche. J'entrai dans ſa chambre, & je la trouvai ſur ſon lit, toute en pleurs, qui s'arrachoit les cheveux ; c'eſt donc ainſi, diſoit-elle, qu'il m'abandonne, qu'il me. . . *il pleure*, ah, ah, cela fait crever le cœur.

Octave. Pouvois-je faire autrement ?

Scaramouche. Eh bien, Scaramouche, ajoûtoit-elle, tu vois comme me traite un Prince que j'aime à l'adoration.

Octave. Elle ne ſçait donc pas qui je ſuis, & elle me croit toûjours un Prince Allemand.

Scaramouche. Vraiment, elle ſe donneroit à tous les diables, que vous étes le plus grand Prince de toute la princerié ; on n'auroit qu'à lui dire que vous étes un Comedien ; ma foi.

Octave. Tant pis, Scaramouche, tant pis. Quand Colombine ſçaura que je ne ſuis qu'un Comedien, quelle cheute ? elle en mourra de douleur.

Scaramouche. S'il falloit trépaner toutes les femmes qui font de ces chutes là, les Chirurgiens gagneroient trop d'argent.

Octave. Continuë ton recit.

Scaramouche. Traître, infame, scelerat... c'est-elle qui parle.

Octave. Supprime ces épitetes.

Scaramouche. Je suis Historien exact. Je mourray. Oüi dit-elle, je mourray de douleur... *il pleure.* Ah, ah, cela m'arrache les larmes.

Octave. Helas !

Scaramouche. Et sur le champ elle se leve du lit. Oh pour celui-là il est trop plaisant. *Il rit,* prend les porcelaines de sa cheminée, les jette à terre, prin; rompt les tableaux, crac; renverse les meubles, ouvre la fenestre, & se jette ...

Octave. Où Scaramouche.

Scaramouche. Dans un fauteüil.

Octave. Enfin.

Scaramouche. Je n'en vis pas davantage, & je m'en allai.

Octave. Et pourquoi, coquin ?

Scaramouche. Diable, Monsieur, une fille amoureuse qui a perdu son Amant se prend où elle peut ! Que sçait-on ? je ne suis pas dégoûtant & elle n'étoit pas dégoûtée, sur ma parolle.

Octave. Taisez-vous, Monsieur le mauvais plaisant. Mais comment sçais tu donc qu'elle est partie ?

Scaramouche. C'est que le lendemain, je la vis sortir à cheval par la porte Saint Honoré, & je conjecture de la qu'elle vous suit.

Octave. Me Voilà plus inquiet & plus embarassé que jamais.

Scaramouche. Pour moi, il y a environ deux heures que je suis arrivé, & je me suis mis au service d'un homme Arlequin.

Octave. Ce Philosophe qui s'est retiré ici ?

Scaramouche. Juſtement, j'ay mes raiſons pour cela.

Octave. Et quelles raiſons encore ?

Scaramouche. De bonnes raiſons pour vos intereſts & pour les miens ; mais retirez - vous, j'ay peur qu'on ne nous ſurprenne.

SCENE IV.
Pierrot, Scaramouche.
PIERROT *à part.*

IL n'y a point a dire, diſoit-il, il faut qu'un bon valet copie ſon Maître en tout & par tout. Le nôtre eſt grave, ſerieux, miſantrope ; je le veux devenir.

Scaramouche à part. C'eſt une choſe bien dure à un valet un peu à l'erte, de ſervir un Philoſophe rebarbatif. Mais juſtement, parce que mon Maître eſt un miſantrope, je veux rire, chanter, me divertir, n'engendrer point de melancolie. Faut-il pas qu'il y ait de la difference du valet au maître ? Mais Voilà Pierrot nôtre Cuiſinier. Ecoutons.

Pierrot à part. Je veux eſtre grave comme un Rapporteur qu'on ſolicite.

Scaramouche riant. Oüy la gravité de Pierrot.

Pierrot à part. Ne parler que par ſentences, comme un Magiſter de Village.

Scaramouche riant. Cela ſera beau.

Pierrot à part. Ne parler que rarement, comme un mari parle d'amour à ſa femme.

Scaramouche riant. On entendra moins de ſottiſes.

Pierrot à part. Un air auſtere & rebarbatif.

Scaramouche. Une mine gaye, un viſage ouvert, un air riant.

SCENE V.

Marinete, Pierrot, Scaramouche.
MARINETE.

Voilà les gens que je cherche. Abordons les.
(*Se tournant vers Pierrot,*) Fi le vilain homme ! quelle mine rechignée ? Il ne regarde pas lemonde. (*vers Scaramouche,*) En voila au moins qui donne quelque signe de vie. (*Vers Pierrot.*) Encore ! C'est une pierre, non pas un homme. Tournons-nous de vers l'autre.

Pierrot. A qui en veut cette fille là ?

Scaramouche. Serviteur ma belle personne.

Marinete à Pierrot. Monsieur je cherche... (*A Scaramouche,*) je suis vôtre tres - humble servante.

Scaramouche. Vous voila belle comme l'amour.

Marinete à Scaramouche. A vôtre service (*A Pierrot*) je cherchois.....

Pierrot. Vous l'avez trouvé ? Testigué elle est gentille, démisantropisons - nous un peu.

Scaramouche. Pierrot, vois-tu l'aimable personne.

Marinete. Bon bon , vous vous moquez ; mais si je ne suis pas belle je suis bonne.

Pierrot. Sot qui s'y fie ? Mais que cherchez-vous icy ?

Marinete. Je cherche condition , & je venois me presenter à vous & à vôtre Maître.

Pierrot. Oh, ma foi, vous voila bien chute ; Servante d'un Philosophe. C'est une bonne boutique : Je ni reste moy, que parce que je suis homme d'esprit.

Marinete. Eh , là là, je ne suis pas si innocente que je le parois ; j'ai été à Paris & une fille ne revient pas de ce païs-là sans avoir appris quelque chose.

Scaramouche. Oüi da, & même une fille n'oublie

blie pas pour l'ordinaire ce qu'elle y apprend.

Pierrot. Mais sçavez-vous bien que nôtre maître n'est pas un homme aisé.

Marinete. Oh que j'en ay bien vû d'autres. Il
sera diantrement difficile si je ne l'accommode ,
je suis faite à tout.

Scaramouche. Voilà ce qu'il nous faut.

Pierrot. Allez , allez , vous ne le connoissez
pas. Mor-non pas de ma vie c'est un malin diable
que nôtre Maître , il vous tarabustera rudement.

Marinete. C'est comme je le veux. Laissez-
moy seulement manier deux jours son esprit.
J'ay servi un Procureur , qui quand j'entrai
chez-lui , passoit pour l'homme de Paris le plus
rude.... Eh demandez un peu à sa femme comme je l'ay laissé. je l'ay rendu doux , doux comme un petit agneau.

Scaramouche. Oh , parbleu aprés cela , il n'y
a point de merveille qu'elle ne fasse.

Pierrot. Mais comment ça se fait-il ?

Marinete. C,a se fait , tenez.... ça se fait moitié figue , moitié raisin , avec un petit air entre
innocent & malin. De petites mines par-cy , de
petits souris par-là.... Tant y a que je ne sçaurois drettement vous dire comment ça se fait ,
mais il n'y a rien de si aisé quand on y est.

Pierrot. Ah matoise , vous l'entendez.

Scaramouche. Elle est parbleu jolie , menons-
la à nôtre Maître.

Marinete. Usez-en bien , vous n'y perdrez pas ,
car je suis de ses filles qui ne négligent rien , &
les soins du Maître ne me font pas oublier les
valets.

Pierrot. Je le crois. Allons trouver nôtre Maître.

Scaramouche. Allons.

SCENE VI.
Arlequin, M. Disanvray.
ARLEQUIN.

EH bien, Monsieur Disanvray, qu'y a-t-il de nouveau à Paris ?

M. Disanvray. Quoy ! vous ennuyez-vous déja dans vôtre retraite ! A quel changement vous attendez-vous depuis un mois que vous estes hors de Paris ?

Arlequin. Uu mois Monsieur Disanvray, vous n'y pensez pas. Faut-il un mois pour changer du blanc au noir, une Ville qui est le mouvement perpetuel. Allez, allez, ma curiofité seroit bien satisfaite si je pouvois sçavoir combien il s'y fait de changemens en vingt-quatre heures.

M. Disanvray. Qu'est-ce à dire ?

Arlequin. Eh, faut-il plus d'une nuit pour faire d'une fille une femme, un Gentil-homme d'un roturier, & d'un faquin un homme d'importance ?

M. Disanvray. Vous avez raison ; mais il seroit diantrement difficile de tenir un registre exact de ces changemens, tant ils font frequens. Mais sans entrer dans un si grand detail, Paris est à peu prés de même que vous l'avez laissé ; les hommes y font fourbes, avides, aspres à l'argent : peu sensibles aux loix de l'honneur, & sacrifiant tout à leur interest. Les femmes font prudes au dehors, & galantes au dedans ; les vieilles se fardent, les jeunes minaudent. Il y a moins de jaloux que de Cocus.

Arlequin. Et les Coquettes comment se gouvernent-elles ?

M. Disanvray. Les Coquettes ? il n'y en a plus.

Arlequin. Oh oh, point de Coquettes.

M. Disanvray. Non. Une Coquette n'est-ce pas une femme qui a plusieurs Amans ?

Arlequin. Oüi.

M *Difanvray.* Eh bien, il n'y a donc plus de Coquettes. Car loin qu'une feule femme ait plufieurs Amans, bien heureufe celle qui en a un à elle feule. Il y a tel homme fur qui dix ou douze femmes mettent l'enchere tout à la fois.

Arlequin. C'eft comme de mon temps. Car j'ai connu autrefois une fort jolie perfonne intereffée pour un feptiéme fur un Capitaine de Dragons qu'elle ne voyoit pas fix fois dans tout un quartier d'Hiver.

M. *Difanvray.* C'eft une chofe déplorable que de voir la difette d'hommes qui regne à Paris, & la cherté dont ils y font. Auffi une femme de bon fens, difoit-elle ces jours paffés, que dans une année abondante, la nature devroit produire pour le foulagement du pauvre fexe feminin, une certaine quantité d'hommes, comme elle produit du vin & du blé.

Arlequin. Bon, & quand cette année il feroit né autant d'hommes qu'il s'eft cüeilli de grains de blé, de quelle utilité pourroient-ils eftre aux Coquettes. Elles feroient paffées avant qu'ils fuffent meures. Mais, Monfieur Difanvray, comment vivent les beaux Efprits à Paris, font ils toûjours corps de communauté, & n'ont-ils qu'un même Sindic avec les fripiers?

M. *Difanvray.* Comment donc ?

Arlequin. C'eft que de mon temps il leur étoit défendu de travailler de la befogne neuve, & ils ne s'occupoient qu'à rajufter ce qui avoit été fait par les autres.

M. *Difanvray.* C'eft donc toûjours de même. Car quand vous allez chercher des Livres, vous entendez annoncer comme dans une friperie, Monfieur une petite penfée d'Horace bien proprement retournée. Monfieur une Satyre de Juvenal doublée de neuf. Une Comedie de Te-

rence à grandes manches & grossesboutonnieres,
des Dialogues de rencontre. Les Oraisons de
Ciceron à la piece.

Arlequin. De sorte qu'il ne paroît plus de
nouveautez.

M. Disanvray. Bon. On en a jamais tant vû.
La rage possede les Auteurs pour imprimer, &
si le grand flegme & la retenuë du Public qui
n'achete plus rien ne moderoit ce grand feu,
il n'y auroit pas assez ce papier en France. Tel
qui n'a pas seulement apris à lire, fait des Poë-
mes Dragmatiques en Vers & en cinq Actes,
qu'on jouë cinq fois la semaine. Voilà la liste
des Livres qui furent affichez mardi passé.

Arlequin lit. *Relation veritable & remarqua-
ble de la sanglante défaite des Anciens par les
Modernes , avec la liste des morts & des blessez.*
A la fin, ces maroufles ont donc été batus?

M. Disanvray. Et comme il faut, il n'y en
a pas un qui n'ait quelque vilain coup qui le
défigure.

Arlequin. C'est donc par derriere, car nos
braves Modernes ne regardent pas face à face
ces poltrons-là.

*Topografie exact du visage d'une femme , ou
l'art d'y placer les mouches régulierement, avec
une dissertation sur les differentes manieres de rire
de bonne grace. Le tout composé par un jeune Abbé de qualité.*

M. Disanvray. Oh, nos jeunes Abbez se dis-
tinguent par leur érudition.

*Arlequin. L'Art d'aimer , reduit en abregé par
un Ancien Fermier General. Ouvrage enrichi de
plusieurs Medailles d'or.*

M. Disanvray. Celui-là est fort rare. On n'en
trouve presques plus de la bonne édition.

*Arlequin. Projet d'un Dictionnaire de Mines,
Ouvrage fort utile aux lorgneurs, pour l'intel-*

ligence des grimaces des Coquettes.

M. Disanvray. Celui-là ne sera pas dur à la vente.

Arlequin. Traduction des Instituts de Justinien en langue vulgaire, pour le soulagement des Magistrats qui n'entendent pas le latin.

Je répons du débit de celui-là.

M. Disanvray. Il enrichira l'Imprimeur, si tous ceux qui en ont besoin en achettent un exemplaire.

Arlequin. Monsieur Disanvray, voilà de nouveaux visages qui me viennent, laissez-moy un moment, je vais vous rejoindre tout à l'heure.

SCENE VII.

Le Docteur, Leandre, une Fille, Scaramouche.
Le Docteur *faisant de grandes reverences.*

Monsieur...

Arlequin. Sans compliment.

Le Docteur. Monsieur...

Arlequin. Eh, sans façon.

Le Docteur. Monsieur...

Arlequin. Sans ceremonie, ou je vous plante-là.

Le Docteur. Monsieur, la haute réputation que vous avez dans le monde, & l'estime generale que vous-vous étes acquise...

Arlequin. Moy, de l'estime, si je croyois être bien dans l'esprit de quelqu'un deshommes d'aujourd'hui, je m'irois pendre tout-à-l'heure.

Le Docteur. Mais Monsieur...

Arlequin. Oüi, je veux que les hommes me haissent, me méprisent, & me regardent à peu prés du même œil que je les vois. De l'estime je voudrois bien voir quelqu'un m'estimer, je les y attens.

Le Docteur. Mais souffrez que je vous dise,...

Arlequin. Souffrez que je vous dise moy, que

genereuſe & délicate, ſera ravie de m'avoir, & l'argent pleuvra chez moi, Dieu ſçait!

Arlequin riant. Oüi, oüi, la jeuneſſe de la Cour genereuſe & délicate? Ah que voila un homme bien inſtruit.

Le Docteur. Outre cela, comme je ſçai de bien des ſortes de choſes, & que les jeunes Magiſtrats ſont curieux, appliquez & bien-faiſans, ce ſera un plaiſir de voir comme je ſerai couru.

Arlequin riant. Les jeunes Magiſtrats appliquez, bien-faiſans. Il connoît auſſi bien la Robe que l'Epée. Eh, mon ami, quand vous ſerez à Paris, que les choſes vous paroîtront differentes de ce que vous les avez vûës de vôtre Province. Les fortunes des gens de Lettres ſont de belles perſpectives, qui ne brillent que de loin. Mais que font ces gens-là!

Le Docteur. C'eſt ma famille, Monſieur, & j'ai encore un fils à Paris, qui eſt à ce qu'on m'a dit, dans un poſte fort éclatant.

Arlequin. Ce jeune garçon là, eſt-il vôtre fils!

Le Docteur. Oüi, Monſieur, mon cadet.

Arlequin. Va-t-il auſſi faire fortune?

Leandre. Je l'eſpere, Monſieur.

Arlequin. Et comment cela, Monſieur?

Leandre. Monſieur, j'ai comme vous voyez, un exterieur aſſez ſouffrable, j'ai bien fait mes exercices; je manie bien un cheval, je danſe paſſablement, je ſçai un peu les Langues étrangeres, Monſieur.

Arlequin. Et avec tout cela vous prétendez Monſieur?

Leandre. M'attacher à quelque grand Seigneur, qui m'avancera à l'armée, & prendra ſoin de ma fortune.

Arlequin. Chimere, mon ami, chimere toute pure. Si fait comme vous voila, vous parliez

le caractere du peu de merite, est d'être estimé des hommes d'aujourd'hui, & que la vraye marque qu'on vaut quelque chose, est d'en être méprisé. Je veux qu'ils me méprisent, entendez-vous ?

Le Docteur. Soit.

Arlequin. Sans preambule, de quoi est-il question ?

Le Docteur. Monsieur, comme vous sçavez qu'on ne fait plus rien dans les Provinces, & que Paris est le seul Théatre où l'on peut paroistre un peu à l'avantage, je vais m'y établir avec ma famille, & je n'ay pas voulu passer par ces lieux, sans voir un Philosophe qui fait autant de bruit que vous, Monsieur.

Arlequin. Vous auriez pû retrancher plus de la moitié de vôtre longue periode, aussi bien que les frequens, Monsieur, dont vous entrelardez vos longues phrases? Mais qui étes-vous pour aller à Paris avec tant de confiance.

Le Docteur. Je suis, Monsieur, un homme de Lettres, dont le nom fait du bruit parmy les Sçavans.

Arlequin. Je m'en suis douté en vous voyant si jargoneur. Vous allez donc à Paris faire fortune, vous courez aprés quelque établissement considerable.

Le Docteur. Je ne suis guere embarrassé la-dessus. J'ai deux ou trois ouvrages fins, prests à mettre sous la presse, & je ne serai pas plûtost arrivé à Paris, que les Libraires de ce païs-là, qui sont connoisseurs, riches & honnestes gens, viendront au devant de moy m'offrir tout ce que je voudrai de mes Livres.

Arlequin riant. Ah, ah, les Libraires connoisseurs, riches & honnestes gens. Cet homme-là connoît la Librairie.

Le Docteur. Et la jeunesse de la Cour, qui est

de vous faire valet de chambre, ou premier Laquais de quelque vieille, passe.

Leandre. Eh, fy Monsieur, je n'ai pas l'esprit assez bas.

Arlequin. A quel étage croyez-vous donc qu'-
il faille avoir l'esprit pour faire fortune? Mais
dites-moy, cette grande fille est-elle vôtre sœur;
Elle n'est pas mal bâtie.

Leandre. Monsieur elle danse bien, & à la
voix assez jolie.

Le Docteur. Je lui ai donné la meilleure éducation que j'ai pû. Je voudrois la mettre auprés
de quelque femme de qualité, qui aprés l'avoir
gardée quelque tems chez elle, la mariât avan-
tageusement.

Arlequin. Cela n'est pas bien sûr. On ne trouve presque plus d'épouseurs pour les filles qui
sortent des grandes maisons.

Le Docteur. Et pourquoy cela?

Arlequin. Mon dieu, c'est que les médisans
jasent toûjours, & qu'on ne sçauroit ôter de la tête de cettaines gens, qu'une jolie fille qui rend
ses soins à Madame, reçoit souvent ceux de
Monsieur. Mais puisqu'elle chante, sçavez-vous
ce qu'il en faudroit faire.

Le Docteur. Eh quoy?

Arlequin. La mettre à l'Opera.

Le Docteur. A l'Opera?

Arlequin. Oüi, à l'Opera. Si elle peut y être
reçûë, s'entend. Car la presse y est diablement,
depuis quelque tems. On poura toûjours par faveur la faire recevoir surnumeraire.

Le Docteur. Si vous vouliez, vous nous ren-
driez office.

Arlequin. Attendez, que j'examine vôtre fille Dans le fonds, elle n'est pas propre à l'Opera, elle n'a pas cet air ouvert-là, cette hardies-
se... Je ne sçai même si elle se retireroit bien

d'un

d'un *Duo*, & vous sçavez pourtant que c'est le *Duo* qui place une fille à l'Opera.

Le Docteur. De sorte que . . .

Arlequin. De sorte que, si vous & vôtre famille, n'avez pas de meilleure ressource, vous pouvez à coup sûr épargner les frais du voyage. Croyez-moy, retournez-vous en chez vous.

Le Docteur. Nous resterions volontiers avec vous, si vous y consentiez.

Arlequin. Oh, c'est un autre affaire, un Solitaire craint d'être trop accompagné.

Scaramouche se met à pleurer.

Arlequin. Eh, qu'as-tu donc, mon ami? qu'est-ce qui t'afflige, parle, que veux tu?

Scaramouche. Ah, Monsieur, si tous ces bonnes gens qui ont du mérite, qui sçavent tant de choses, ne peuvent pas faire fortune à Paris, que ferai-je donc moy.

Arlequin. Comment?

Scaramouche. Oüi, qu'est-ce que je ferai, moi qui ne suis bon à rien, qui ne fais que de la bagatelle, qui ne sçais que de la bagatelle, & qui ne suis moi-même qu'une bagatelle.

Arlequin. Tu sçais la bagatelle?

Scaramouche. Oüi.

Arlequin. Tu fais la bagatelle?

Scaramouche. Oüi.

Arlequin. Tu fais la bagatelle?

Scaramouche. Helas oüi.

Arlequin. Ah, mon cher, viens que je t'embrasse, tu es né pour Paris, tu es né pour une grande fortune? Avec une si belle disposition, tu peut aspirer à tout. La bagatelle? Ah! mon ami, si j'avois eu un noble penchant pour la bagatelle, je ne serois pas ici, je serois à Paris dans une fortune éclatante.

Scaramouche. Quoi.

Arlequin. Pars hardiment, pars, vas, tu n'y

feras pas plûtoſt que tout le monde courra aprés toy.

Scaramouche. Mais, pourtant...

Arlequin. C'eſt un païs où l'on ne reſpire que bagatelle, le ſerieux y eſt marchandiſe de contrebande, & la bagatelle y eſt ſi univerſellement répanduë, qu'on peut dire qu'à proprement parler, Paris, n'eſt qu'une grande bagatelle.

Scaramouche. Ainſi avec beaucoup de bagatelle je puis faire un peu de fortune.

Arlequin. Telle que tu voudras. La bagatelle eſt aujourd'hui la porte des honneurs & des richeſſes. L'un a épouſé une vieille qui l'a rendu gros Seigneur pour avoir dit une bagatelle de bonne grace ; celui-ci a donné dans l'œil à une femme du premier rang pour avoir fait un ſaut perilleux d'un air robuſte ; cet autre poſſede une Charge de Judicature qui ne lui coûte qu'un petit tour de poignet, dans une rafle de ſix amenée à propos ; & j'en connois un élevé à de grandes dignitez qui n'a qu'une jolie femme pour tout mérite. Conte en un mot, que je te répons de ta fortune ; & que je te prie de m'en mettre de moitié.

Scaramouche. Volontiers. Voila des bagatelles de ma façon.

On ouvre, & on voit un grand Cabinet illuminé. Il eſt ſoûtenu par quatre Mores vêtus de gaze d'or. Il y a dans chaque niche, des figures richement vêtuës.

Quatre Biſcayens danſent.

UN ESPAGNOL *chante.*

IL ne faut qu'une bagatelle
Pour être heureux ou malheureux,
Pour faire un infidelle
De l'amant le plus amoureux,
Il ne faut qu'une bagatelle.

Un autre Eſpagnol danſe ſeul.

UN ESPAGNOL *chante.*
Pour réduire une belle
A bien payer nos feux
Pour troubler la cervelle
Du mari le moins soupçonneux,
Il ne faut qu'une bagatelle.

UNE ESPAGNOLETTE *chante.*
Pour le faire riche ou gueux,
Pour rendre son nom fameux
Par un Croissant de bon modele,
Il ne faut qu'une bagatelle.

Le second Espagnol & l'Espagnolette dansent.

L'ESPAGNOLETTE *chante.*
Sans un peu de bagatelle
Tout le monde finiroit,
Qu'est-ce qu'on diroit
Qu'est-ce qu'on feroit
On craindroit une rüelle,
On s'ennuyeroit,
On s'enfuiroit,
Rien ne plairoit
Sans un peu de bagatelle.

Les quatre Biscayens dansent.

L'ESPAGNOLETTE *chante.*
Qui se marieroit,
Qui nous voudroit
Que serviroit d'être belle ?
On nous morgueroit,
On s'en passeroit
Sans un peu de bagatelle.

*Les figures du Cabinet se détachent, & font une
danse de postures.*

ACTE II.
SCENE I.

La Comtesse, le Chevalier, Arlequin.

LA COMTESSE à *Arlequin.*

OH ça, Monsieur, en deux mots comme en mille, qu'il se mette à la raison, ou je le quitte.

Arlequin. Que veut-elle dire?

La Comtesse. Oüi, oüi, je sçai comme on se separe. A quelque Tribunal que nous plaidions, il y aura plus de la moitié de nos Juges qui seront de jeunes gens, & ces Messieurs là, rendent bonne justice, aux femmes qui cherchent à rompre un nœud, auquel ils sont les premiers à donner de furieuses entorses.

Arlequin. Mais, Madame, parlez plus intelligiblement. Je n'entens rien à tout ce galimatias de separations, de jeunes Juges, d'entorses à la foi conjugale. Que diantre veut dire tout cela?

Le Chevalier. Quoi, Monsieur, vous ne comprenez pas que Madame a toutes les raisons du monde de se plaindre de Monsieur son Epoux, qui la tient dans une terre d'où il ne veut pas qu'elle parte sans son ordre.

Arlequin. Il est vrai qu'il y a prés de huit jours que vôtre mari vous a laissée ici.

La Comtesse. Eh bien, Monsieur, huit jours, contez vous huit jours pour rien, sçavez-vous ce que c'est pour une jolie femme, d'être huit jours hors de Paris? Une femme comme moi hors de Paris, c'est un poisson hors de l'eau. Entendez-vous Monsieur, huit jours? Si je n'avois trouvé le Chevalier ici, que serois-je devenuë.

Le Chevalier. En verité, Monsieur, une jeune Dame comme Madame la Comtesse, est-elle faite pour demeurer à la campagne! Tant d'appas doivent-ils demeurer cachez, ou n'être vûs que par des gens qui ne leur rendent pas l'hommage que leur doivent toutes les p[illegible]rés de bon goût?

Arlequin. Eh, le godelureau! comme il fait

le doucereux. Depuis que les femmes affectent les airs Cavaliers, les jeunes gens ont pris toutes les manieres feminines.

Le Chevalier. Mais, Monsieur, vous étes homme judicieux, mettez la main sur la conscience, que voulez-vous que Madame fasse dans cette maudite Gentilhomiere ?

Arlequin. Qu'elle commence par vous en bannir, & vive ensuite comme les autres femmes.

La Comtesse. Fort bien. Vivre comme les autres femmes. C'est parler d'or, si cela se pouvoit.

Arlequin. Et pourquoi non !

La Comtesse. Puis-je, dites-moy, dans une solitude, me levant à midi, être jusqu'à deux heures à ma toilette, parmi mille nuances de justaucorps rouges & bleufs qui me réjoüiroient la vûë.

Arlequin. Vrayement on sçait bien que vous ne pourrez pas comme certaines femmes, destiner les differens jours de la semaine aux differentes professions, & donner le lundy aux gens de robe, le mardy aux Abbés, le mercredy aux étrangers, & le reste de la semaine au public.

Le Chevalier. Vous voyez donc bien, Monsieur, que Madame a raison, & que vous n'avez rien à répondre.

Arlequin. Il est vrai, j'en suis sur la négative.

La Comtesse. Eh, & que répondroit-il ! me fera-t'il comprendre que si je donne à joüer dans un vieux Château qui menace ruine, & qui est à vingt lieuës de Paris, j'aurai tous les jours vingt coupeurs aux quatre pistoles.

Arlequin. Dificilement les rondes d'un seul hyver vous vaudroient ici dequoi faire la fortune d'un joli homme.

Le Chevalier. En verité, Madame 'a Comtesse raisonne comme un charme, & je vois bien que Monsieur ne sçauroit resister à la force de son raisonnement.

Arlequin. Eh le petit butor. Il ne fçait pas que la raiſon n'a rien à faire dans le raiſonnement des femmes.

La Comteſſe. Dans un maudit païs comme ce-lui-cy, a t'on le moindre plaiſir, & celui de la promenade, tout innocent qu'il eſt, ne vous eſt-il pas lui-même interdit.

Le Chevalier. Ho pour cela, Madame, on vous a donné de mauvais memoires, nous avons ici aux environs les plus belles promenades du monde.

La Comteſſe. Eh fy, dequoi me parlez-vous?

Arlequin. Ne voyez-vous pas que Madame ne veut ſe promener que dans les rües de Paris?

La Comteſſe. Non. Mais, vous n'avez ici ni Cours, ni Tuilleries, ni Vincennes.

Le Chevalier. Il eſt vrai. Mais nous avons des promenades qui ne valent gueres moins.

Arlequin. Madame a raiſon. Dans nos prome-nades on n'a paſle plaiſir de controller. Peut-on dire par exemple, voila une telle qui eſt dans le Carroſſe de ſon amant. Cette maigre échigne qui eſt dans le fond leur ſert de commode. Mon Dieu, que Celimene eſt mal coëffée aujourd'hui, ne ſe corrigera-t'elle jamais de mettre ſi peu de rouge ſur deux doigts de blanc. Vôtre grand Pre-ſident ne veut-il pas avoir un autre équipage, je crois qu'il a acheté le ſien à la vallée de miſere! Non, il n'y a point de carroſſe de remiſe qui ne donnât quinze & biſque à ce vilain Fiacre-là.

La Comteſſe. Ce ſont toutes ces gentilleſſes qui font l'ame de la converſation du Cours & des Tuilleries.

Le Chevalier. Madame dit cela d'un air mali-cieux qui enchante.

La Comteſſe. Oh point, on a tous les torts du monde de dire que je ſuis médiſante, je ſuis la meilleur pâte de femme qui fut jamais.

Arlequin. La bonne pâte de femme! On n'y a pas épargné la farine & le levain.

La Comtesse. Enfin, Monsieur, pour trancher court, je suis venuë vous prier d'écrire à mon mari, que s'il ne me retire au plûtoft d'ici, je m'en retirerai moi-même. qu'il prenne fes mesures la-deffus. Allons Chevalier, allons.

Arlequin. L'extravagante creature. Mais quél eft cet homme là?

SCENE II.
Mezzetin , Arlequin.

MEZZETIN *regardant Arlequin depuis les pieds jusqu'à la tefte.*

SErviteur, Monfieur.

Arlequin. Serviteur. Eh bien, m'aurez vous bien-tôt affez regardé, à droit, à gauche, de face, de profil. A qui en voulez vous?

Mezzetin. A vous, Monfieur. C'eft que je m'en retourne à Paris.

Arlequin. Et moi, graces au Ciel, j'en fuis revenu. Vous y avez donc déja été?

Mezzetin. Si j'y ai été? Il y a dix ans que j'y fers le public, & que grace à fes bontez, j'y fais une petite fortune affez raifonnable.

Arlequin. Vous en étes fort content fur ce pied - là?

Mezzetin., Oüi. Tant en gros qu'en détail, je n'ai qu'à m'en loüer.

Arlequin. Tant mieux pour vous. Mais en quelle qualité fervez vous le public quelle eft vôtre profeffion?

Mezzetin. Ma profeffion eft de n'en point avoir. Homme d'importance ou faquin, fuivant l'exigence des cas; j'employe tout mon talent à faire plaifir aux autres.

Arlequin. C'eft le moyen d'être bien venu par tout.

Mezzetin. Gai , ferieux , tour à tour , l'un ou l'autre. Prothée perpetuel , je change de plus de figures qu'une fille d'Opera de Gallans. Ami de tout le monde , je ne fuis hai que des vieilles & des jaloux. Repertoire d'expediens & de facilitez , j'ai cela de commun avec les Generaux & les Miniftres , que mon art comme le leur confifte à profiter des occurrences , & faifir les occafions.

Arlequin. Cela s'appelle un beau portrait d'une vilaine profeffion.

Mezzetin. On me trouve aux bals , aux promenades , aux Spectacles , par tout hors chez moy , & c'eft là que je mets toute mon application à rendre fervice à d'honnêtes gens qui ne me laiffent pas fans récompenfe.

Arlequin. Ces fortes de fervices ne font pourtant guere bien payez , s'ils ne le font d'avance. En pareille occafion le grand fecret eft d'eftre nanti.

Mezzetin. Cela eft vray. Auffi je ne laiffe pas refroidir les chofes.

Arlequin. Mais que pouvez vous tant faire aux promenades ?

Mezzetin. La pefte , c'eft mon Theatre le plus avantageux. Vois-je par exemple fur les neuf heures du foir dans la grande allée des Tuilleries , un vieux Seigneur revaffer tout feul fon chapeau fur les yeux , je me gliffe auprés de lui , & lui murmure à l'oreille , Monfieur , Mademoifelle Javotte & Mademoifelle Fanchon font dans l'allée des foupirs , fur le troifiéme banc à gauche ! Oh , mon homme ne fe le fait pas dire deux fois le voila allé & s'il n'a qu'un écu , il eft pour moi.

Arlequin. Ce que c'eft que le fçavoir faire. Mais , Monfieur le repertoire d'expediens , vous qui étes fi commode , ne trouvez vous pas quelque incommodité en vôtre chemin ; là . . . quel-

que jaloux baſtonnant , quelque mari roſſant.
Hem . . .

Mezzetin. C'eſt-là le caſuel de la profeſſion.
Mais ces petits contre-temps ſont recompenſez
par mille douceurs clandeſtines , cent profits
non attendus. Vous ne ſçauriez croire ou cela va?

Arlequin. On eſt cependant bien corrigé la-
deſſus. Chacun fait ſes affaires ſoi-même. Les
femmes pour épargner la bource de leurs amans
font les deux tiers des avances , & ſouvent ſup-
priment l'autre pour venir plûtoſt au fait.

Mezzetin. Ce que vous dites eſt bon pour un
tas de courre-tiers ſubalternes , mais les illuſtres
trouvent toujours à travailler.

Arlequin. C'eſt à dire que vous êtes de la premiere vollée.

Mezzetin. On me fait l'honneur de le dire ainſi. On me regarde comme une maniere d'homme d'importance. Je ſuis le Doyen des griſons ;
le Sindic general des coëffeuſes, bouquetieres &
Revendeuſes à la toilette , l'intendant des filles
de bonne volonté , & le couſin germain banal de
toutes les ſoubrettes de Paris.

Arlequin. Oh , diable vous êtes bien allié.
On m'a dit pourtant , que depuis peu il s'étoit
gliſſé dans vôtre profeſſion quelques matrones ,
qui ſous pretexte de confitures , de gans , & de
pommades , trafiquent de billets doux. Cela eſt
dangereux au moins.

Mezzetin. Bon. A mon arrivée je verrai tout
cela diſparoître. Je croſſe ces gens-là , moy. Ces
canailles croyent avoir bien operé , quand ils ont
portées un billet & rendu la réponſe. Le moindre
de mes exploits eſt de ménager un tête à tête
dans les formes. Je débute par là , & ſi vous ne
ſçauriez croire combien peu cela coûte au tems
où nous ſommes. Je croi pour moy que les maris ne ſont pas fâchez qu'on les trompe.

Arlequin. Hom les maris qui veulent être du-
pés ne font pas toujours les plus duppes.

Mezzetin. Vous y voila. Que vous avez d'efprit tenez vous me gagnez le cœur. C‚a dequoy
eft-il queftion ?

Arlequin. De vous dire adieu.

Mezzetin, Venons au fait, me voici preft, que
faut-il que je lui dife ?

Arlequin. A qui?

Mezzetin. Hai ! Vous ménagez le terrain. Là
cette petite perfonne, que j'ai trouvé les yeux
en larmes & le cœur en mouvement, qui va,
qui vient & qui cherche ce que je vais lui offrir
de vôtre part.

Arlequin. Bon, elle cherche un Prince en a-
vez vous à lui donner ?

Mezzetin. Oh, que ce n'eft pas ce qui m'em-
barraffe. Mais dites moi le bon mot, je m'en vais.
Il vous vient quelqu'un, demain à vôtre lever
nous parlerons à fonds. La toilette eft le champ
de bataille des gens de ma forte. Adieu.

SCENE III.
Octave, Arlequin.
OCTAVE.

Monfieur, vous étes un homme illuftre, au
dedans, je fuis un homme illuftre au dehors. Vous faites le fage quand il vous plaît, &
je ne fais le fou que quand je veux. Vous vous
cachez & l'on vous fuit, je m'expofe au public
& l'on ne me fuit pas autant que je voudrois. Enfin, Monfieur, vous étes Philofophe, & je fuis
Comedien ?

Arlequin. Ah, Comedien, je ne m'étonne
plus s'il eft gaillard. Eh bien, Monfieur, que
cherche ici vôtre perfonne Comique.

Octave. Eh, Monfieur désque je fuis Comedien
je cherche de l'argent, du plaifir & de la gloire.

35

Arlequin. Il n'y a guere ici de tout cela.

Octave. Monsieur nous ne faisons plus rien dans les grandes Villes. Le public ne court plus aprés nous, nous avons songé dans nôtre Compagnie que la nouveauté de voir des Comediens dans un desert nous feroit suivre par cette multitude qui ne s'étonnoit pas de nous voir bien solitaires dans une Ville.

Arlequin. Mais sçavez vous que cela est bien pensé, moi qui ai souvent vû avec chagrin, la Comedie bien solitaire à Paris, je sens que je serois ravi dela voir bien frequentée dansce desert.

Octave. Cela ne peut pas manquer pour peu que vous soyez de la partie. Tous les grandshommes sont d'excelens Comediens, & on ne se distingue qu'à mesure qu'on joüe mieux son personnage.

Arlequin. Eh comment, ceci est rare. On disoit que les gens de plaisir n'avoient bien de l'esprit que le verre à la main, & celui - ci raisonne de sens froid.

Octave. Monsieur je m'ouvre à vous. Les gens de ma profession ont besoin d'un peu de solitude pour se connoître. Nous faisons si souvent les Princes & les Rois, que nous sommes comme ces menteurs de profession, qui à force d'en imposer, se trompent eux-mêmes, & prennent leurs impostures pour des veritez.

Arlequin. Vous étes riche dans vos comparaisons.

Octave. Je vous avoüe donc, Monsieur, qu'en mon particulier, je ne sçaurois vivre dans une grande Ville sans y faire le Prince.

Arlequin. Ah, ah, ceci seroit plaisant. Le Prince de Colombine seroit-il Prince du sang de ce Souverain ici. Mais elle vient.

SCENE IV.
Octave, Colombine, Arlequin.
OCTAVE.

Ciel ! qu'est-ce que je vois ? Colombine en ce desert, elle me surprend aprésque je me suis decouvert ?

Arlequin. Bonjour la belle affligée. Venez, levez les yeux. Je vous presente ici un Prince qui pourra vous donner des nouvelles de celui que vous cherchez.

Colombine s'évanouit. O Dieux ! Octave...

Arlequin. Elle s'évanouit ? Quoi entre mes bras, adieu ma Philosophie.

Octave. Tout mon amour se ralume.

Arlequin. Que veut dire ceci ... C'est tout de bon, je crois. Allons donc, réveillez-vous, voici vôtre Prince. Il n'y a pas de meilleur antidote que le retour d'un amant, pour r'animer une belle évanouïe.

Octave. Souffrez, Monsieur...

Arlequin. Je ne souffre rien.

Octave. Mais, encore...

Arlequin. Mais retirez-vous de là vous dis-je.

Octave veut secourir Colombine, Arlequin l'en empêche & emmenne Colombine. Octave reste fort embarrassé. Le Docteur vient, qui le reconnoît pour son fils. Octave feint de ne pas le connoître & s'échape. Le Docteur le suit. Aprés cette Scene, qui est toute en Italien, Arlequin revient sur le Theatre.

SCENE V.
Arlequin, Pierrot.
ARLEQUIN.

Nostre évanouïe est enfin revenuë, & je comprens bien qu'elle pourroit faire le bonheur de quelqu'un qui vaudroit mieux que son Prince comique. Mais à qui en veut Pierrot ?

Pierrot. Oh dame, en voila bien d'un autre, le Coche de Paris veut vous voir, le ferai-je entrer.

Arlequin. Le Coche de Paris.

Pierrot. Oüi le Coche de Paris. C'est-à-dire, non pas celui de Paris, mais qui va à Paris ; & ce n'est pas le Coche qui prétend avoir l'honneur de vous parler, ce sont les gens qui sont dedans ! Je m'entens bien, une fois.

Arlequin. C'est fort bien fait. Mais quelles gens sont-ce ?

Pierrot. Oh, il y en a de toutes les façons, des hommes, des femmes.

Arlequin. Des femmes ?

Pierrot. Oüi des femmes. Il y en a de jeunes & de vieilles. Il y en a de pinpantes comme des poupées du Palais, & d'autres qui ont l'air sainte mitouche. Il y en a encore des Abbez.

Arlequin. Des Abbez ?

Pierrot. Oh pour ceux-là, ils m'ont bien fait rire. Il y avoit un petit rougeau qui se plaignoit de vapeurs, & un autre endévoit d'avoir perdu sa boëte à mouche.

Arlequin. Et je demeurois ici ? Non deussai-je... Mais non, fais les entrer, si la sagesse me fait suivre, sans doute l'impertinance me fera fuir. Reprenons nos airs d'homme du monde, faisons le fat & le ridicule.

SCENE VI.

Le Vieillard, sa Femme, Arlequin.

LE VIEILLARD.

EH bien, Monsieur, n'est-ce pas dommage, belle comme la voilà, à vingt-ans, ne pouvoir avoir d'enfans.

Arlequin. Et de quel temperamment étes-vous la belle, mélancolique, billieuse ?

La Femme riant. Mélancolique moi, mélancolique. Ah, ah.

Arlequin. Quel temperamment donc ?

La Femme. Je n'en sçais rien. Mais je suis fort à l'erte. Je danse, je chante, je bois le petit coup, je prens du tabac, & si j'avois un mari qui me fournit de l'argent & du plaisir autant que j'en voudrois, je ne m'inquiéterois jamais de rien.

Arlequin. au Vieillard. Vous étes son pere apparemment ?

Le Vieillard. Non, Monsieur. Je n'ai l'honneur d'être pere de personne. Je suis son mari.

Arlequin. Son mari ? Et quel âge de grace ?

Le Vieillard Soixante & dix-sept, au 19. Avril.

Arlequin. Soixante & dix-sept ? *à la femme,* & comment vous accommodez vous de cela ?

La Femme Moy ? Le mieux du monde. Mon petit mari a vingt mille livres de rente, il m'en a déja donné la moitié, & l'usufruit du tout si j'ai un enfant. Oh, je n'oublie rien pour empêcher nôtre bien de passer en des mains étrangeres.

Le Vieillard. Quel malheur si je laissois mon bien à des cousins au huitiéme degré.

Arlequin. Ces cousins là, vous sont peut-être plus proches que les enfans de vôtre femme.

Le Vieillard. Ils ont beau rire, nos cousins, ils ont beau rire, dans neuf mois je leur livre un heritier.

Arlequin. C'est parler bien positivement.

Le Vieillard. Oh, je sçai la recepte presentement.

La Femme. On nous a appris le remede. Si nous l'avions sçeu d'abord, vrayement, vrayement ?

Arlequin. Vous avez été jusqu'à soixante & dix-sept ans, sans trouver le remede.... Ma foy le mal est incurable. Mais peut-on sçavoir quel est ce remede ?

La Femme. Bon. Il n'y a point de femme qui ne s'en serve.

Arlequin. Pour cette cure-là , certaines femmes employent des remedes qui ne font guere
approuvez des maris.

La Femme. Oh , c'est un remede innocent,
celui-là.

Le Vieillard. Innocentiffime. Les eaux de
Forges...

Arlequin. J'y fuis?

Le Vieillard. Croyez-vous bien qu'un Gentil-
homme de mes voifins n'avoit pû avoir d'enfans
en vingt-quatre ans de Mariage.

Arlequin. Eh bien ?

La Femme. L'Eau de Forges lui en a donné.

Arlequin. Entendons-nous. Sa femme a bû les
eaux de Forges.

Le Vieillard. Oüi.

Arlequin. Chez-elle ?

La Femme. Vrayment , cela n'opere que fur
les lieux.

Arlequin. Son mari y fut avec elle ?

Le Vieillard. Non. Il lui donna feulement fon
valet de Chambre pour l'accompagner.

Arlequin. Fort bien. Remede innocentiffime.
Allez bon homme, retournez-vous en chez-vous
fi vous m'en croyez,& laiffez-là des eaux qui ne
font propres qu'à remettre la poitrine des Actri-
ces de l'Opera , & à bailler l'hidropifie de quelques filles de mauvais aloy.

La Femme. Mais , Monfieur...

Arlequin. Adieu. Détichez.

Le Vieillard. Cependant...

Arlequin. Que de raifons ! Allons à d'autres.
Qu'est-ce que ces figures-là ?

SCENE VII.

Deux Gafcones , dont il y en a une chantante,
Arlequin.

BArgé se vou m'amas un pau
Plaigni m'un pau, peccaire,
Jo ne souffrissi tant de mau,
Qu'jo ne sabi que faire.
Se sets à ma plaço, jamay,
Bargé Cossi vou plaigneray.

Arlequin. En voilà d'un autre, voyons où cela ira?

2. *Gascone.* Ah Mossu caigno jovo de vous vayre, vôtre servente de bon cor.

Arlequin à part. Diable elle est servante des bons corps? Mademoiselle, j'en suis fort aise, mon corps se porte bien à vôtre service.

2. *Gascone.* Ah, Mossu, vous souits plats aubligado, me fasets trop d'aunou.

Arlequin. à part. Elle est fatiguée de trop d'honneur? que Diable de gens sont-ce? Vrayement Mademoiselle on sçait bien que les gens d'au-de là de la Loire se fatiguent aisément de trop d'honneur, mais je n'en croyois pas les femmes tout-à-fait si rebuttées.

2. *Gascone.* Mossu, à cos quiconque ravis, que d'entendre tout ce que dison de vous peccaire.

Arlequin. Dison de bous peccaire. De moy on dit que je suis un pecheur. C'est selon il y a telle femme pour qui je ne voudrois pas avoir fait la moindre petite faute. Mais pour des minois Gascons comme le vôtre, on ne me trouvera jamais Normand.

2. *Gascone.* Ah peccaire, que bous rasounats plat.

Arlequin. Oh oüi fort bien, je raisonne au plat.

2. *Gascone.* Ah, Mossu, nou disi pas accor.

Arlequin. Je ne paye pas mon écot, qui vous a dit cela?

2. *Gascone.*

2. *Gascone.* Cousino cresi que se truffo.

Arlequin. Comment des truffes, est-ce que vous m'en apportez? Où sont vos truffes cousine? allons donc; mais vous reculez. Depuis quand les femmes de vôtre païs ont-elle appris à reculer.

1. *Gascone chante.*

Aro que souits grandetto
Jo ne reculi plus
Ay conne scut l'abus,
Cal estre doucetto,
Et per poudets charma
Me cal aima.

Arlequin. Diable, c'est chanté cela. Et voilà une chanson que je trouverois fort jolie, si je l'entendois.

2. *Gascone.* Es plats jantio, Mossu, quello canconetto. Ma fasés semblant de ne nous pas entendre.

Arlequin. Ah, Mademoiselle, les semblans sont plus de vôtre païs que du mien, mais qu'allez vous chercher toutes deux à Paris.

2. *Gascone.* Fortuno, Mossu, fortuno. Dison que les gents de nouste païs, la fason tant vite.

Arlequin. Mais fortune, pour une femme c'est un mari.

2. *Gascone.* Ah, Mossu, bous venez tout d'un saut à l'essentiel. Eh donc.

Arlequin. Eh donc. C'est bien dit. Mais apprenez en vôtre patois, ce que vous trouverez où vous allez.

Il chante sur un Vaudeville.

Filletes qu'anas à Paris,
Per cercas amans & maris,
Troubarés prou fringaires, abé
Ma guere d'espousaires, boumentendez bé.

2. *Gascone.* Anen, Cousino, anen se truffo ma de nautres.

D

SCENE VIII.

Monsieur de Colafon, Me à danser, Arlequin.

*Monsieur de Colafon a une jambe de bois. Deux
Fleurets, sur les épaules, un Livre de Musique
& un Violon.*

M^r DE COLAFON.

SErviteur tres-humble, Monsieur.

Arlequin. Bon jour.

Mr de Colafon. Avez-vous, Monsieur, besoin d'une petite leçon.

Arlequin. Avec tout cet équipage, vous m'a-
vez l'air de montrer le plus court chemin de
l'Hôpital General.

Mr de Colafon. Non, Monsieur, ce n'est
pas cela.

Arlequin. Mais, que voulez-vous, & qui
êtes-vous.

Mr de Colafon. Helas, Monsieur, sans exage-
rer, je puis me vanter, d'avoir couru la fortune
au galop; mais à present...

Arlequin. A present je vous défie d'aller
au pas.

Mr de Colafon. Si vous connoissiez mon talent, mon habileté, ma souplesse...

Arlequin. Et qu'elle est vôtre profession.

Mr de Colafon. J'estois Maistre à danser
à l'Opera de Lyon, mais comme l'Opera est
tombé....

Arlequin. Il vous est tombé sur le corps,
& vous voila tout estropié.

Mr de Colafon. Comme l'Opera est tombé,
j'ai trouvé à propos de quitter la ville. Je n'a-
vois pas beaucoup d'Ecoliers, car mon fort est
la danse haute, je n'ai pas la patience, de montrer la danse basse.

Arlequin. Eh , qui diable auroit la patience d'apprendre de vous. On difoit bien que la danfe étoit mal à cheval , mais je ne la croyois pas fi mal à pied.

M. de Colafon. Oh , Monfieur j'ay renoncé à la danfe.

Arlequin. C'eft bien fait.

M. de Colafon. Je me fuis jetté dans le Fleuret....

Arlequin. Tant pis , diable , tant pis.

Me de Colafon. Bon , je fuis le premier homme du monde , pour efcrimer. C'eft moy qui ay eu l'honneur de mettre les armes à la main aux trois quarts de la petite Gendarmerie de la ruë Aufer, & de la ruë faint Denys.

Arlequin. Tudieu , quels écoliers ?

M. de Colafon. Vous allez voir ce que je fçai faire. Allons , faites affaut contre moy.

Le Maître à danfer prefente un Fleuret à Arlequin qui le refufe d'abord , & le prend enfin , Aprés avoir efcrimé quelques momens , le Maître à danfer fort un piftolet , & fait rendre la bourfe à Arlequin , & s'en va en difant , voila une de mes bottes franches.

SCENE IX.

C'eft une Scene de nuit , Italienne , entre Mezzetin , Piérrot & Scaramouche qui viennent donner une ferenade à Marinete.

SCENE X·

Arlequin , Madame de l'Architrave.

Madame de l'Architrave accompagnée de plufieurs Maffons avec leurs outils , faluë Arlequin.

ARLEQUIN.

EH bien , Madame , qu'eft-ce ? qu'y a-t-il ? Quoi plus ? Dequoi eft-il queftion ? Que demandez-vous ? & que veulent tous ces vifages de plâtre.

Me De l'Architrave. Monsieur, je suis une fabricatrice de niches humaines, un antidote contre les injures du tems, un repertoire de la commodité des saisons, un alambic des aises de la vie ; Architecte à vôtre service, commandant pour l'honneur de vos commandemens, une escouade de Limousins.

Arlequin. Eh bien, Madame, du repertoire, de l'alambic & de l'escoüade Limousine dequoi est-il question.

Me De l'Antrave. d'une petite affaire de rien touchant nôtre métier, de bâtir une Ville.

Arlequin. Une Ville ? Il y en a déja que trop. Quand les hommes logeoient dans les Bois, ils étoient humains, & ne se mangeoient pas les uns les autres. Le sejour des Villes les a gâtez, les a rendus feroces & plus Ours & plus Tigres, que les Ours & les Tigres qu'ils ont laissé dans les Forests.

Me De l'Architrave. Oh, cela est vrai, & cependant nombre de gens qui veulent profiter de vôtre Philofophie, viendront s'établir ici, & vivre avec vous sous vos loix.

Arlequin. une Ville ?

Me de l'Architrave. Sans doute, une Ville pour les mécontens, elle sera peuplée dans un istant. Vous aurez d'adord tous ces importans d'office, qui se plaignent éternellement que la Cour, qui ne les connoît pas, ne fait rien pour eux. Ces meres coquettes desesperées du mauvais goût des hommes, qui les quittent pour leurs filles. Ces Grisettes de consequence, qui croyent que les privautez d'un Duc ou d'un Marquis, leur ont acquis des droits incontestables sur le Carosse & le nombre de Laquais. Ces gens de Lettres pestans éternellement contre l'injustice de la fortune, & la dureté du siecle, & surtout le nombre presque infini d'Auteurs alterez dont tous les théâtres regorgent.

Arlequin. Voilà un Architecte qui a du bon, Vous estes de belle humeur, Madame.

Me de l'Architrave. Pour vous servir Monsieur. L'air joïeux, est la premiere partie d'un Architecte. Si nos bâtimens ne sont rians, je n'en donnerois pas une nefle, la joïe la joïe, par tout. Il faut de l'air dans les maisons, la vûë libre, l'abord aisé, l'aspect gracieux, les avenuës faciles, les faux fuyans comodes, & les sorties borgnes & à discretion.

Arlequin. Voici une femme rare ? Vous estes donc bien employée, Madame ?

Me de l'Architrave. Oüi ! Mais je n'ayme à travailler que pour de jeunes veuves, & pour des gens d'affaires ; ce sont là les gens de bon goût, il faut primer avec eux. Ils ont plus d'invention & de goût pour placer une chaize percée, que les autres pour arranger un cabinet.

Arlequin. Les Abbez ne sont-ils pas de ce nombre, vous les oubliez ?

Me de l'Architrave. Oh, point, ce sont des goûts differens ? Les Abbez appuyent sur la Cuisine, sur la Cave & les fausses portes des ruelles.

Arlequin. Vous avez raison ! Diable, cette femme l'entend ? est-ce vous qui avez inventé de mettre toutes les fenêtres en portes, sur tout du côté des Jardins ?

Me de l'Architrave. Je n'ai pas trouvé cette invention, mais je l'ai perfectionnée ? Vous allez voir ici dequoy je suis capable.

Arlequin Je vois bien qu'il faut s'y résoudre, il faut bien loger tant de gens qui viennent ici. C,a dequoi est-il question ? Je vous avertis par avance que je veux une Ville, qui ne ressemble en rien à Paris, où l'on ne paye point de boües ny de lanternes, & dont les ruës ne servent que pour les chevaux, les Mulets, les Crocheteurs,

& les autres bêtes de Voiture.

Me de l'Architrave. .Je suis vôtre fait. Voici comme je m'y prendray. Je feray qu'il y aura par tout des balcons publics qui regneront sans interruption de maison en maison, & qui feront un saut par dessus les ruës qu'ils traversent; les lumieres qui éclairent les chambres éclaireront les balcons; toutes les fenêtres seront des portes pour la commodité du public, & aprés cela ce sera la faute des particuliers s'ils ne se rendent pas visite.

Arlequin. Oüi ; mais cette commodité me paroît trop commode. L'occasion fait le larron, ces balcons & ces fenêtres de communication font cause que l'on communique plus qu'il ne faut. Tenez depuis que vous avez inventé à Paris & à la campagne, ces larges goutieres en forme de Coridor au tour des Mansardes, les jolies femmes ne logent plus qu'au grenier, & les hommes comme des chats passent la nuit sur les goutieres.

Me de l'Architrave.. Oh Monsieur, c'est un abus que de s'abuser sur cela, les chats suivront toûjours les chattes, & les femmes trouveront toûjours des matous qui les suivront.

Arlequin. Je pense qu'elle a raison, c'est un mal sans remede. Mais revenons à nôtre Ville.

Me de l'Architrave. Nous pourrons fort bien la bastir sur cette Riviere qui est ici prés : cela sera fort commode.

Arlequin. Peste ! gardez-vous-en bien. Une Riviere ? & nous y verrions dans rien établir des Moulins de Javelles, des Charentons, des ponts à Langlois, des Isles... Enfin je ne veux point de Riviere.

Me de l'Architrave. Soit, soit ; je suis accommodante. il faudra donc la bâtir ici, & ce grand espace nous servira pour faire un beau Jardin public, precedé d'une grande avenuë d'arbres.

Arlequin Eh oüi, oüi, un jardin, Madame, un jardin, voïlà-t'il pas Paris tout revenu ? je ne veux ni Cours ni Tuilleries, entendez-vous, parce que je veux bannir de noſtre Ville la Coquetterie & la médiſance.

Me de l'Architrave. J'ai tout prevû, je m'en vais commander mon Eſcoüade & placer mon monde dans les poſtes convenables.

Madame de l'Architrave ſe retire, & en même temps tous les maſſons qui l'accompagnoient bâtiſſent en dançant, un magnifique Palais

Arlequin. Diantre, c'eſt bâtir bien gayement; mais pour qui deſtinez-vous cette habitation ſuperbe ?

Un Maſſon. Superbe ? Monſieur ? Bon, c'eſt la moiſon de campagne d'une fille de l'Opera, ce n'eſt rien que cela; ſi vous voyez comme elle eſt meublée . . .

Arlequin, Eſt-ce que vos maiſons ſe meublent à meſure qu'on les bâtit ?

Le Maſſon. Elles ſont faites, meublées, & occupées tout à la fois. Tenez voilà l'operatrice de queſtion, ſans doute elle veut repeter quelque choſe.

La Chanteuſe ſort du Palais, avance ſur le Theatre & chante.

Bellezze.

Voi ſiete tiranne de cuori.
Col crime legate,
Col guardo ferite;
E troppo ſpietate
Vibrategli ardori.

Bellezze.

Voi ſiete tiranne de cuori.

Arlequin. Mais voilà qui eſt étonnant, je n'aurois jamais cru une fille d'Opera ſi magnifiquement logée.

Le Maſſon. Il y a quinze jours qu'elle occupoit un grenier , & il n'eſt pas bien decidé ſi elle ne retournera pas à ſon premier giſte. En un mot, ſi vous voulez voir les fortunes de Theatre, les voilà.

Tout le Palais ſe détruit.

ACTE III.
SCENE I.
Arlequin , Colombine.

ARLEQUIN.

JE ne fais pas l'amour , Madame , en jeune ſot
Et ne ſçai point longtemps tourner au tour du
       pot ,
Je vais d'abord au fait. Je vous aime, ma Reine,
Vos yeux comme un forçat me tiénent à la chaîne
Mais ſans perdre le tems en fades complimens,
Songez que les deſerts ſont faits pour les amans,
Profitons en.
Colombine. Jamais d'une ſi bruſque flâme
Le petulant aveu ne touchera mon ame,
Mais helas ! ſuis-je encor maîtreſſe de mon cœur
Vous le ſçavez : Octave . . .
Arlequin. Oh ma foi ſerviteur ,
Pour donner la dedans je ſçai trop bien l'uſage,
Ma mignonne il n'eſt plus de novice à vôtre âge;
A dix-huit ans paſſés quand on a de l'eſprit,
Le changement d'amant reveille l'appetit.
Du lieu d'où vous venez oubliez-vous la mode,
Voulez-vous des Romans pratiquer la methode,
A lorgner dans un bois croyez-vous m'obliger,
En Celadon moderne allez-vous m'ériger ?
Un heros de Cyrus ſans crainte de foibleſſe
Pouvoit impunement enlever ſa maîtreſſe,
Avec lui ſans façon la belle s'embarquoit,
Il ne lui baiſoit pas le petit bout du doigt.
Ces bons Chevaliers par combats & prouëſſes;
Envers & contre tous défendoient leurs princeſſes
Mais

Mais tout bien compassé ces valeureux nigauds
N'étoient de leur honneur que les Custodinos.
Comme ce tems n'est plus, un autre a pris sa place
Les choses aujourd'hui se font de bonne grace;
Et dés qu'en pareil cas l'amant sçait demander,
De son côté la belle est preste d'accorder.
Vous connoissez l'amour; je le connois de même
Nous sommes seuls ici, Madame, & je vous aime.
Colombine. L'ai-je bien entendu? quelle surprise,
     ô Dieux ?
Que me proposez-vous ? ah trop funestes lieux ?
A de pareils propos me serois-je attenduë.
Seigneur, rendez le calme à mon ame éperduë.
Voudriez-vous tout de bon.... Non c'est pour
     m'éprouver.
     Arlequin. Madame, en mes panneaux je n'iray
     pas crever.
Quel sot.
Colombine. Ah Seigneur vous étes Philosophe.
Arlequin. Bon bon, nous sommes tous faits de la
     même étoffe ;
Et Philosophe ou non, Madame, il est écrit,
Que l'on en a de l'amour, quand on a de l'esprit.
Cet esprit voit en vous dequoi me satisfaire,
Vos petites façons ont le secret de plaire,
Et le sort me donnant femme & lieux à mon choix
Je crois qu'il ne faut pas que j'en fasse à deux
     fois.
Colombine. Vous ne rougissez pas d'avoir tant de
     foiblesse ,
Vous que l'on voit prêcher une austere sagesse ?
Vous qui vous gendarmés sur les défauts d'autrúi.
Arlequin. C'est là le grand talent du sage d'au-
     jourd'hui.
Loup garou, fier, hargneux, farouche, imprati-
     cable ,
Sur les moindre défauts toûjours inexorable,
Regardant les plaisirs d'un œil indifferent,

Voilà comme il se montre au vulgaire ignorant.
Mais quand se dérobant aux yeux de tout le monde
En un réduit rustique il peut mener sa blonde,
Qu'il sçait bien au milieu des plaisirs les plus doux,
Epuiser de l'amour les plus exquis ragouts?
Tout cela ne nuit pas à cl'austere sagesse,
Et la vertu ne gît qu'à acher sa foiblesse,
Ne vous entestez point d'un chimerique honneur,
Croyez moy.

   Colombine. Je ne puis en revenir, Seigneur.
Quoi vous, qui détestant tous les mauvais usages,
Cherchez de la vertu dans ces autres sauvages,
Qui voyez en pitié le reste des humains,
Osez faire éclater de criminels desseins ?
Mais quand il seroit vrai que vôtre ame enflamée,
De mes foibles attraits se sentiroit charmée,
Faut-il presser les gens, faut-il brusquer les cœurs?
Si vous avez pour moy de sinceres ardeurs,
D'un air moins violent faites le moi paroistre.

Arlequin. La mode est aujourd'hui d'aimer en
     petit maistre,
C'est le goût general, Madame, & les Abbez
Même avant les Robains y sont enfin tombez.
Tous nos hommes ont l'art d'attaquer & de
    prendre,
Mais nos femmes n'ont pas celui de se défendre.

Colombine. Mais nous voyons pourtant de graves
    Magistrats,
Des Abbez reservez....

Arlequin. Ne nous y fiez pas,
Tel qu'on voit en public faire le bon Apostre
Sous deux doigts de vercüil, est homme comme
    un autre.
La difference enfin du rabat au plumet,
Se reduit à ceci. L'un dit plus qu'il ne fait,
L'autre en ses actions tout rempli de mystere,
Sçait chercher son plaisir, en joüir & se taire.
Mais qui vient nous troubler en ce doux entretien

Examinons ſi c'eſt ou quelque choſe ou rien.
Vous fuyez mes tranſports , en amante diſcrete ?
Allez , j'irai bien-tôt être leur interprete.

SCENE II.

*Arlequin , Mr de la Cabriole Me à Dancer , M^r
de Gereſol Me à Chanter.
Ils font pluſieurs reverences.*

ARLEQUIN.

QUelle reverence ! Encore ...... Ouf. Je
n'y ſçaurois durer.

M. de Gereſol. Je ne ſçai, Monſieur, ſi vous
nous connoiſſez.

Arlequin. Non, & je n'en ai même aucun envie.

M. de Gereſol. Nous venons vous aſſurer de nos
reſpects.

M. de la Cabriole. Nous n'avons pas voulu
manquer cetteoccaſion de vousfaire la reverence

Arlequin. En voilà déja pluſde quinze de faites.

M. de Gereſol. Vous voyez, Monſieur, dans
Monſieur de la Cabriole, les meilleurs pieds,
& la plus belle jambe du monde. C'eſt le Heros
des chaconnes & des rigodons.

M. de la Cabriole. Monſieur de Gereſol eſt de
mes amis, il me flate ; mais il parleroit plus ſin-
cerement, s'il vous diſoit qui eſt lè Lulli de qua-
tre-vingt-dix-ſept.

Arlequin. A vous la balle , Monſieur.

M. de Gereſol. Monſieur de la Cabriole eſt le
Coriphée des danſeurs.

M. de la Cabriole. Monſieur de Gereſol eſt la
fleur , & la crême des Muſiciens.

Arlequin. Eh bien , Monſieur , le Coriphée,
& vous Monſieur la crême , que voulez-vous ?

M. de Gereſol. Vous faire une propoſition que
vous ne pouvez refuſer.

M. de la Cabriole. Vous donner des moyens
aſſurez de joindre l'agreable à l'utile.

M. *de Gerefol.* Promeffes de Muficien !

Arlequin. Dites un mot, & nous vous faifons trente mille livres de rente.

M. *de la Cabriole.* Vous vous enrichirez fans apauvrir perfonne.

Arlequin. Ce n'eft gueres la maniere de ce tems-cy. Mais enfin.

M. *de la Cabriole.* Mais enfin, fi vous voulez nous croire, vous ferez dans voftre nouvelle vil-le, une Academie de danſe & de Mufique.

M. *de Gerefol.* Il n'y a pas de divertiffement plus agreable au public, ni plus utile aux particuliers.

Arlequin. Il eft vrai que perfonne ne fe plaint de l'Opera, & que tout le monde y trouve fon compte.

M. *de la Cabriole.* Son compte ? & fans l'Opera que deviendroient les bons airs, les pieds tournez, les vifages plâtrez, & les jolis gofiers ?

Arlequin. Il eft vrai. Sans l'Opera comment fubfifteroient tant d'honnêtes faineants; que deviendroient tant de beautez, qui tirent tout leur mérite de l'orqueftre.

M. *de la Cabriole.* L'Opera eft un trefor inépuifable dont on ne voit jamais le fonds.

M. *de Gerefol.* C'eft un abîme, un labyrinthe de refources qu'on ne connoît qu'àmefure qu'on les creufe.

M. *de la Cabriole.* Tout y rapporte fon revenu jufqu'aux rides d'une Coquette furanée.

M. *de Gerefol.* C'eft une terre où on feme des fons & des gambades pour recuëillir des piftoles.

Arlequin. Mais, encore, furquoi affignez-vous lestrente mille livres de rente que vouspropofez.

M. *de la Cabriole.* Sur la foupleffe de mon jarret.

M. *de Gerefol.* Sur la douceur de mon gofier.

M. *de la Cabriole.* Sur la fraîcheur d'Oriane.

M. *de Gerefol.* Sur les petites façons de Choifandre.

M. de la Cabriole. Sur les minauderies des Chanteuſes.

M. de Gereſol. Sur le blanc & le rouge des Danſeuſes.

Arlequin. Sur les broüillards de la riviere de Seine, & ſur la conſtance de l'amour. Je ne vois point mes ſeuretez là dedans, & il me ſemble qu'une chaconne, & une ſarabande ne ſont pas des marchandiſes de bon débit.

M. de la Cabriole. Eh, morbleu, ſi vous étes ſi délicat, tant pis pour vous ; mais ſçachez qu'aujourd'hui dans le commerce, les meilleures Lettres de change ſont celles qu'on tire ſur l'Opera.

M. de Gereſol. Et qu'un creancier remet toûjours le tiers de la dette, pour une reſcription ſur la caiſſe de l'Academie Royale de danſe & de Muſique.

Arlequin. Je le crois. Mais je ne ſuis point tanté ; je ne veux dans la Ville que je bâtis, ni Muſiciens, ni danſeurs, il n'y aura que des gens ſobres.

M. de la Cabriole. Ma foi, Monſieur le petit fondateur, nous y perdrons beaucoup, la menace eſt terrible, mais l'Opera de Lyon nous tend les bras.

M. de Gereſol. Et en tout cas, il ne tiendra qu'à nous d'aſſiſter au rétabliſſement de celui de Roüen.

Arlequin. A la bonne-heure.

M. de la Cabriole. Pour vôtre petite bicoque tout y ſera de travers, & puiſque vous en excluez les Maîtres à danſer, jamais rien n'y ſera ſur le bon pied.

Arlequin. Soit.

M. de Gereſol. Que les habitans de cette ville ne puiſſent jamais ouvrir la bouche ſans détoner.

M. de la Cabriole. Que quand ils voudront danſer la courante, ils danſent le rigodon.

M. de Gerefol. Qu'ils chantent par becarre les airs de bémol.

M. de la Cabriole en s'en allant. En un mot, qu'ils foient impolis, mal-faits, & fans goût, comme des gens qui méprifent la danfe & la Mufique.

M. de Gerefol en s'en allant. Que les femmes y ayent des maris jaloux, & foupirent inutilement aprés un Maître à chanter, pour rendre leurs billets.

Arlequin. Quelles imprecations! Mais voicy mon Architecte.

SCENE III.
Arlequin, Madame de l'Architrave.
Me de l'Architrave.

MA foi, Monfieur, voilà qui ne va point mal, j'ai mis bien des gens en befogne, la Ville s'avance, & nos ouvriers travaillent comme il faut.

Arlequin. Comment travaillent? A peine avez vous eu le temps de faire le plan de ce que vous avez à bâtir?

Me de l'Architrave. Bon, vous me prenez donc pour une Architecte d'eau douce : j'ai déja fait mettre des écriteaux pour attirer des Acheteurs & des Locataires.

Arlequin. Elle eft folle? Quoi, des maifons qui ne font pas encore faites...

Me de l'Architrave. Vous voila bien nouveau, & ne fçavez pas qu'il eft à prefent du bel ufage de vendre les maifons, dix ans avant d'en jetter les premiers fondemens?

Arlequin. D'accord. Mais il faut...

Me de l'Architrave. Et, que direz-vous donc, fi je vous montrois à prefent les troifiémes étages tous faits?

Arlequin. Je dirois, je dirois... morbleu, je

ne dirois rien, & je dis que vous étes une extra-vagante.

Me de l'Architrave. Mais, ſerieuſement je vous dis, que c'eſt là ma maniere, je commence toûjours par le haut, on travaille enſuite au reſte.

Arlequin. La folle !

Me de l'Architrave. Chacun a ſon humeur, les uns bâtiſſent ſur la terre, d'autres ſur la mer : pour moi l'air eſt mon élement; je bâtis toûjours en l'air. Mais parlons d'autre choſe. Ces trois fil-les, ou ſoi-diſant telles, qui ont deux doigts de plâtre ſur le nez, & qui ſont arrivées avec un vieux Commandeur dans un caroſſe, dont les Chevaux ſembloient prêts à rendre l'ame…

Arlequin. Eh bien.

Me de l'Architrave. Eh bien, elles diſent qu'-elles s'accommoderont du troiſiéme étage de la maiſon qui fera le coin auprés du marché, à con-dition que vous leur ferez faire une allée à part, & une porte de derriere ſur la petite ruë.

Arlequin. Les allées à part, & les portes de derriere ſont merveilleuſes, pour donner de l'air à l'honneur d'une femmme. Mais gare le ſerein.

Me de l'Architrave. C'eſt de l'argent comptant elles payeront le premier quartier d'avance.

Arlequin. Elles feront bien. Tout le monde n'eſt pas en humeur de ſe payer par ſes mains comme leur dernier hoſte.

Me de l'Architrave. Il eſt encore venu un Pro-cureur qui prendra la maiſon la plus élevée de la grande-ruë: Mais il lui faut cinq pieces parque-tées au premier étage. C'eſt pour loger ſa femme

Arlequin. Un Procureur? Je ne veux point de cette vermine dans l'enceinte des murs, aux Fauxbourgs, aux Fauxbourgs.

Me de l'Architrave. Ah, Monſiur, gardez-vous en bien, il feroit payer à ſes parties, ce qui lui en coûteroit pour ſe faire voiturer au Palais.

Nous ne sommes pas dans un temps, où les Procureurs puissent aller à pied.

Arlequin. Madame de l'Architrave?

Mé de l'Architrave. Monsieur.

Arlequin. Avez vous fait le plan des petites maisons.

Me de l'Architrave. Des petites maisons? &vous ne voulez, dites vous que des gens raisonables.

Arlequin. Il me faut de petites maisons, vous dis-je. Mais je les voudrois petites, petites.

Me de l'Architrave. Eh pourquoi, si petites, dés qu'il vous en faut?

Arlequin. C'est que j'y veux enfermer les gens raisonnables, de peur que le commerce des autres ne les gâte. Vous voyez qu'il ne faut pas pour cela grand espace.

Me de l'Architrave. A propos que voulez-vous faire de ce grand Hôpital d'Incurables?

Mezzetin. Diable, faites le grand. Je le destine pour loger les Marchands qui vendent à crédit aux gens de Cour, les vieilles qui épousent de jeunes gens; s'il y avoit place, j'y logerois aussi les amans contemplatifs, & les filles qui s'embarquent sur la parole des épouseurs.

Me de l'Architrave. On y travaille déja, il sera au coin de la grande place vis-à-vis l'horloge.

Arlequin. Comment l'horloge? Je ne veux dans ma Ville ni horloge ni cadran.

Me de l'Architrave. Point d'horloge?

Arlequin. Non, sans doute, je veux qu'on fasse toutes choses selon l'occasion, & l'opportunité, & qu'on ne se regle pas sur un coup de marteau. D'ailleurs, les femmes de gens de robe n'entendant pas sonner les heures, ne se précautionneront pas contre l'arrivée du mari, qui trouvera au retour du Palais, les galants à la toilette de sa femme.

Me de l'Architrave. Quelle malice!

Arlequin. Et les écornifleurs n'entendent jamais sonner midy, ne se précautionneront pas pour dîner en Ville.

Oh, pour cela, précaution inutile, je vous garantis les parasites suffisamment avertis par l'acide de leur estomach, & assez réveillez par l'odeur des viandes. Mais qui est cet homme qui vient, ne serois-ce point quelque futur habitant.

Arlequin. Nous allons voir.

Me de l'Architrave. Pour moi je vais donner ordre à tout, afin que les choses s'avancent.

SCENE IV.
Le Libraire, Arlequin.
LE LIBRAIRE.

VOus voyez, Monsieur, un homme qui, si la fortune lui en avoit dit, se seroit tenu en carosse aussi bien qu'un autre. Je n'ai jamais manqué de cœur, Dieu mercy, & j'ai bien autant d'ambition qu'aucun libraire de Paris.

Arlequin. Ce n'est pas peu.

Le Libraire. Quant à moi, je crûs en m'établissant, qu'une belle femme étoit le premier ornement d'une Bibliotheque, & qu'un joli minois faisoit plus d'effet derriere un comptoir que cent *In folio* sur des tablettes.

Arlequin. Il y a du vrai à cela, au moins; & je connois plus d'un Marchand dont l'étalage vaut mieux que le fonds.

Le Libraire. Je choisis pour épouse une jeune personne, belle, bien faite, de bonne air, & par dessus cela, bel esprit, & bel esprit juré.

Arlequin. Ce dernier point n'est pas tout-à-fait décisif pour la paix du ménage, & pour la douceur du commerce. Mais enfin, vôtre moitié vous attiroit-elle bien des chalans ?

Le Libraire. Mon heureuse boutique ne desemplissoit point : à quelque heure qu'on y vint, on y trouvoit gens d'Epée, de Robe, de Finance, Abbez, & sur tout grand nombre de Provinciaux.

Arlequin. Tous ces gens là attirez bien plus par les agrémens du tendron que par l'envie d'acheter des Livres.

Le Libraire. C'est ce que je n'ai jamais bien pû décider, car quoy qu'ils parussent fort empressez auprés de ma femme, & qu'il n'y en eût pas un, qui par ci par là, ne lui décochât quelque fleurette, ils ne laissoient pas d'acheter fort cher les bagatelles que me fournissoient trois grands diseurs de rien, & un Auteur femelle, dont la plume avoit encore plus de rapidité que la langue.

Arlequin. Je ne m'étonne pas si elle a fait tant de Volumes.

Le Libraire. C'étoit une aimable femme. Elle faisoit un Livre en une nuit.

Arlequin. Les jolies femmes de ce tems-cy, n'employent pas si mal les leurs. Mais comment en usoit la vôtre ?

Le Libraire Le mieux du monde, & je n'ai jamais veu personne se plaindre d'elle.

Arlequin. Femme si accommodante accomode pour l'ordinaire un mary de toutes pieces.

Le Libraire. Oh, pour moy j'ay cela de bon, je ne suis point sujet au mal de tête. Il est vrai que quelques contrôlleurs de profession remarquoient que de mes enfans aucun ne me ressembloit, & qu'ils avoient de l'air, l'un d'un Colonel, l'autre d'un jeune Magistrat, à qui j'ai dressé une Bibliotheque de Romans.

Arlequin. C'est à dire qu'il en étoit de vos enfans comme de ces Livres dont l'Epître dédicatoire est sous vôtre nom, vous faisiez les honneurs de l'ouvrage d'autruy.

Le Libraire. Ma foy, si on regardoit de si prés,

on trouveroit autant de plagiaires dans les familles que dans la Republique des Lettres. Heureux qui sçait s'accommoder de sa femme. Je me trouvois fort bien de la mienne, & tant qu'elle a été jeune, & jolie, j'ai triomphé. Mais à present qu'elle n'est que jolie sans être jeune.

Arlequin. Vous n'avez plus cette affluence dans vôtre Boutique ?

Le Libraire. Pardonnez-moi, j'ai encore assez de gens chez moi. Mais, Monsieur, ma femme a plus de quarante ans.

Arlequin. Ainsi ils n'y viennent que pour la conversation.

Le Libraire. Justement. Ils ont fait de ma boutique une Academie de beaux esprits, où ma femme regente parmi les Historiens, les Poëtes, & les diseurs de bons mots.

Arlequin. Il faut bien de ces gens là pour échauffer une cuisine.

Le Libraire. Que voulez-vous, j'ai dupé le public, & le public m'a dupé ; chacun à son tour... je lui troquois d'abord des bagatelles pour de bon argent, ils les prenoit avidement, je crûs qu'il se laisseroit tromper plus long-tems, & me donneroit celui de faire une fortune complette.

Arlequin. Le public est un compere capricieux dont il faut brusquer le goût : pendant qu'il vous en disoit que n'en profitiez-vous mieux ?

Le Libraire. Si je puis revenir sur l'eau, que je profiterai de vos avis : plus de Romans, ny d'Historietes, y renonce .... de bons Livres de Maximes, & de Caracteres. Ce sont ceux-là dont on voit en quatre mois doubler le prix, & multiplier les Editions. Voilà ce qui fait rouler un Libraire en Carosse.

Arlequin. Cela n'est pas tout à fait sûr, le goût change là-dessus ; & on se replonge dans la bagatelle. Ainsi si vous voulez avoir de l'argent du

Public, il faut l'endormir par des Contes de Fées le réveiller par des rapsodies, ou l'amuser par de petits jeux ; comme le Gage touché, Cache-mitoulas, & Colin maillard : Voilà des titres cela !

Le Libraire. Ah, Monsieur , si vous me permettez de m'établir dans vôtre Ville , voilà les Livres par où je débuteray. *Le Gage touché,* quel effet dans une Affiche ?

Arlequin. Fort bien, nous penserons à cela une autre fois ; laissez-moy un moment en repos.

Le Libraire. Je vais en écrire à ma femme: qu'elle sera aise de venir débiter ici ses Romans en stile coupé ! Pour peu que vous y donniez la main , nôtre fortune est faite.

Arlequin. Adieu , bon soir, & bonne nuit.

Le Libraire. En s'en allant. L'heureuse rencontre , l'heureuse rencontre.

SCENE V.
Vn Peintre , Arlequin.
LE PEINTRE.

COmme tout ce qu'il y a d'illustres dans le monde , semblent s'être donnez rendez-vous pour venir peupler vôtre nouvelle Ville où vous ne voulez rien de commun , agréez que je vous presente un homme en sa maniere des plus extraordinaires qui se fassent.

Arlequin. Où est-il ?

Le Peintre. Le voilà.

Arlequin. Je le croy. Mais qui estes-vous ?

Le Peintre. Monsieur, je suis un original sans coppie, un Poëte muet, un imposteur de bonne foy, un beau morceau moderne qui ne deviendra que trop antique avec le tems.

Arlequin. Et avec tout cela , vous êtes gueux comme un Peintre.

Le Peintre. Il est vrai, qu'un Peintre ne va pas si-tôt en carosse qu'un Caissier ; mais enfin, on ne laisse pas de se tirer d'intrigue, & depuis que les gens d'affaires se sont jettez dans le goût des tableaux, nôtre profession est un peu reconciliée avec la fortune. D'ailleurs, j'ai un talent merveilleux pour le portrait.

Arlequin. Et attrapez-vous bien l'air des gens? Faites-vous ressembler?

Le Peintre. A merveille.... j'attrape cela.... le tour du visage, le feu des yeux, le coloris du teint.... Il n'y a pas un de mes portraits qui ne ressemble parfaitement.

Arlequin. Et avec ce beau talent, peignez-vous bien des femmes?

Le Peintre. Oüi da.

Arlequin. Vous peignez des femmes, & vous faites ressembler? Poursuivez, mon ami, poursuivez, vous êtes dans le grand chemin de l'Hôpital. Un bon Peintre de femmes doit être un imposteur de profession.

Le Peintre. Cela est vrai. Il y a quelque tems qu'une vieille Marquise me pria de faire son portrait, je fus assez sot pour me piquer de sincerité je la peignis ressemblante comme deux gouttes d'eau.

Arlequin. Eh bien.

Le Peintre. Elle ne se vit pas plûtôt comme la nature l'avoit faite, qu'elle voulut me faire jetter par les fenestres, disant que je la rendois hideuse. A huit jours de là, je lui portai un Portrait que j'avois fait d'une jolie petite personne de dix-huit ans. Je lui dis que c'étoit le sien que j'avois racommodé, e le me fit donner cinquante pistoles, & publie par tout, que je suis le premier homme du monde.

Arlequin. Bon, si l'on peignoit les gens tels qu'ils sont, ils se feroient peur les uns aux autres.

Le Peintre. A vous parler naturellement, mon grand gain n'est pas de faire des Portraits.

Arlequin. A quoy donc, gagnez-vous davantage?

Le Peintre. A retoucher les anciens originaux.

Arlequin. Quoy, vous vous mêlez de barboüiller ce qui nous reste de l'antiquité!

Le Peintre. Vous ne m'entendez pas. Je dis que je travaille sur les vieux Originaux naturels.

Arlequin. Encore moins.

Le Peintre. N'avez-vous jamais veu un visage sur lequel les années où la petite verolle ont sillonné des trous, où les amours à coup sûr ne joüent plus à la fossette ... tac... tac... je vous remplis cela, & rétablis à une face sexagenaire un embonpoint de dix-huit ans.

Arlequin. Ah, vous êtes fort intelligible à present.

Le Peintre. Je répans sur des joües décrépites, un incarnat... Oh, ma foy, cinq ou six coups de pinceau touchez à propos, donnent un terrible soufflet à l'extrait Baptistaire le mieux collationné.

Arlequin. La malpeste, vous devez-être à vôtre aise avec un si beau talent. Mais ne s'apperçoit-on pas que ce n'est que de la peinture?

Le Peintre Bon, si vous aviez veu une paire de sourcils que j'ai livré il y a huit jours à une vieille Presidente, vous y seriez trompé vous même. Son mary ne s'en apperçût qu'en y regardant avec ses lunettes.

Arlequin. Monsieur le Peintre, ne pourriez vous pas me montrer quelque chose de vôtre façon?

Le Peintre. Volontiers. J'ai une piece curieuse... Oh là, oh, apportez ce tableau.

On aporte un Tableau qui represente un Abbé avec un habit brodé, & une cravatte en Steinkerque.

Le Peintre. Voyez cela. Est-ce bien peint?

Tenez, pour qui prendriez-vous cét homme là?

Arlequin. Pour un Colonel, s'il avoit une épée.

Le Peintre. Bon, c'est un Abbé, qui a voulu se faire peindre dans cét habit là. C'est son habit d'occasion, & celui-là même dans lequel il fut ses jours passez volé, & battu, en faisant porter son souper en ville. Mais ce seroit bien pis si vous le voyez à sa toillette.

Arlequin. Comment donc?

Le Peintre. Il a voulu que je le peignisse en deshabillé. Voulez-vous le voir?

Arlequin. Est-ce que vous l'avez là?

Le Peintre, Et n'ai-je pas le secret de changer ce Tableau comme il me plaît? Voyez, voyez.

Le Tableau change, & l'Abbé paroît devant une toilette pleine de quarrez, de pots de pommade, & de rouge.

Arlequin. Oh parbleu, Monsieur le Peintre, vous vous moquez de moy. C'est une femme.

Le Peintre. Oüi vrayement une femme. Les femmes de ce tems-cy, y font bien plus cavalierement. Tenez, voila une toilette de femme.

Le tableau change. Une femme paroît devant une table pleine de bouteilles de ratafiat. Elle a une pipe à la bouche & un verre à la main.

Arlequin. Oh, pour celui là, je ne m'y attendois pas.

Le Peintre. Voulez-vous voir vôtre portrait en petit? J'ai tous les gens illustres. Voyez. Cela vous resemble-t-il?

On voit un petit Arlequin dans le Tableau qui saluë, descend, danse & s'en va.

SCENE VI.

Octave, Scaramouche, Colombine cachée.

COLOMBINE.

VOila l'homme que j'ai vû tantoſt avec mon Prince, cachons nous, & écoutons ce qu'il dit.

Scaramouche. Ah, amour, amour petit ſcelera que tu fais faire de folies! Il n'y a pas juſqu'au cerveau d'un Comedien, que tu ne t'aviſe de déranger. Octave étoit habile, goûté de tous ceux qui l'écoutoient, il s'eſt aviſé de dévenir amoureux, & n'eſt plus qu'un… Ma foi, Monſieur, Octave, ce n'eſt pas là vôtre mêtier, & pour un Comedien qui s'eſt enrichi à faire l'amour, j'en connois trente qui s'y ruinent. Mais le voilà, comme il eſt fait? le pauvre garçon me fait pitié. Eh bien comment va le cœur?

Octave. Ah! mon pauvre Scaramouche, je ſuis le plus malheureux de tous les hommes, j'adore Colombine.

Scaramouche. Le grand malheur! ſi vous l'aimiez, elle ne vous hait pas; & je ſuis bien trompé, ſi elle ne vous cherche.

Octave. Et c'eſt ce qui me confond. Elle me croit un homme de grande qualité, elle ne s'eſt embarquée que ſur cette eſperance, & je dois mourir de honte d'avoir abuſé de ſa credulité.

Scaramouche. Allez, allez, nous ſommes dans un temps où l'on ne meurt pas plus de honte que d'amour.

Octave Admire la cruauté de ma deſtinée: je fuyois Colombine, je commençois à ſentir que je gueriſſois, lors que quelque démon ennemi de mon repos me la fait trouver en ces lieux, comme par enchantement, & redonne à mon cœur toute ſa premiere ſenſibilité.

Scaramouche. Vous l'aimez, elle vous aime…

hem,

hem, y a-t'il tant de façons, époufez - là.

Octave. Que je lui donne un Comedien, aprés lui avoir promis un Prince.

Scaramouche. Elle ne feroit pas la premiere qui auroit fait fucceder à un grand Seigneur, un homme de moindre étoffe. De tout temps la Comedie s'eft faufilée avec les gens du beau monde.

Octave. Je ne puis me pardonner de l'avoir trompée.

Scaramouche. Tarare, pardonner, les femmes font plus indulgentes que vous ne penfez, pourvû que...

Octave. Mon cher Scaramouche, je t'ouvre mon cœur. Quelqu'envie que j'eufle de refter en ces lieux, il faut abfolument que je m'en arrache, j'iray me cacher quelque part au bout du monde, où je ne verrai jamais...

Colombine paroit. Tu ne me verras jamais, traître: tu m'as trompée, & tu veux me fuir?

Octave. Ah, Ciel!

Colombine. Vous m'aimez, Octave? vous m'aimez? Quelle preuve vous m'en donnez, partir fans me dire adieu!

Scaramouche. Voici bien un autre hiftoire.

Octave. Vous vous abufez, Madame, je ne fuis pas...

Colombine. J'ai tout entendu, j'ai appris ce que vous êtes de vôtre propre bouche, & mon cœur a raifon de fe plaindre du peu de confiance que vous avez en mon amour. Vous ne fçavez pas aimer, Octave. Avez-vous pû croire que je n'aimaffe en vous que la grandeur qui paroiffoit à mes yeux. Defabufez-vous, rendez-moy juftice, & contez que ce n'eft pas le Prince, mais Octave que je fuis venuë chercher ici.

Scaramouche. La pefte, qu'une fille amoureufe a d'efprit.

Octave. Ah trop genereuse Colombine, par où pourrai-je vous exprimer…

Colombine. Voici Arlequin. Vous sçavez les raisons que j'ai de le menager, c'est un homme de poids, & qui malgré ses caprices, pourra nous être d'une grande utilité : retirez-vous, que je lui parle seule, je lui ferai mieux entendre mes raisons.

SCENE VII.

Arlequin. , Colombine , Scaramouche.
A R L E Q U I N. *à Scaramouche.*

AH, bon jour, Seigneur bagatelle. Quoi vous êtes encore ici ?

Scaramouche. Signor si contutte le mie Bagatelle al Servitio di V. S.

Arlequin. Je vous rend graces, je vous ay déja dit que vous pouvez les porter à Paris.

Scaramouche. Io Sentino, che V. S. batissoit une grande Ville *Famossima citá é cosi,* je venois avec toutes mes Bagatelles, pour divertir vôtre femme & vos petits enfans.

Arlequin. A Paris, à Paris Je ne veux point de fadaises chez-moy & la bagatelle en sera bannie aussi severement, que l'amour l'est du mariage.

Colombine. Quoi ! Seigneur Arlequin ? seriez vous de l'opinion de ceux qui croyent que le premier jour de l'Hymen, est le dernier de l'amour, & du bon temps ?

Arlequin. De l'amour oüi. Pour du bon tems, c'est selon. Certaines femmes ne commencent à en prendre, que lors qu'elles commencent à étre épousés ; d'autres ne le goûtent qu'au veuvage, tout cela est tres-bien partagé. Mais à propos de femmes, sçavez-vous que dans ma Ville nouvelle, pour épargner aux plaideurs la moitié de ce qui leur en coûte, les femmes rendront la

Justice.

Scaramouche. Des femmes Juges! Que de pri-
ses de corps?

Arlequin. J'ay remarqué, que presque tous
les plaideurs payent leurs Arrests aux belles qui
font bien dans l'esprit du Juge.

Colombine. Fort bien.

Arlequin. Cependant, il n'en est pas moins
inexorable sur les Epices; de sorte que le pauvre
diable de plaideur paye des deux côtez.

Colombine. J'entends.

Arlequin. Vous voyez bien, que si les femmes
rendoient justice en leur nom, on en seroit quitte pour ce qu'on leur donne.

Colombine. Il y a même en cela un autre avantage. Car, une belle Magistrale qui trouvera
quelque plaideur de bonne dégaine, lui fera
gratis des Epices.

Arlequin. Justement, comme il arrive tous les
jours à nos vieux Magistrats avec de jeunes So-
liciteuses.

Colombine. Ma foy je croy qu'il fera beau voir
un Senat feminin; toutes ces femmes auront
bonne grace en robe, & en bonnet? Cela sera bien leste.

Arlequin. Eh, je les défie d'être plus pou-
pines & plus musquées, que quelques-uns de
nos jeunes Sénateurs de Paris.

Colombine. Je vous avoüe que ce dessein m'enchante, & que je brûle de le voir executé.

Arlequin. Pourquoy.

Colombine. Je me figure avec plaisir, une tren-
taine de femmes aux opinions. Le bruyant Tribunal! Il faut convenir que toutes vos Loix font
admirables.

Arlequin. Vous sçavez bien que tous les ans,
je marieray trente filles aux dépens du Public.

Scaramouche. Belle réparation.

Colombine. Et qui fera grand plaisir à quantité de jeunes personnes qui n'ont pas assez de bien.

Arlequin. Comment donc jeunes ! Marier de jeunes filles. Je n'employe pas si mal mon argent. Les jeunes & jolies personnes se marient assez gratis. Je destine ce fonds pour ces vieilles filles de dur débit, qui ont resté trente ans dans un arriere boutique, dont on ne se charge qu'à bonnes enseignes, & qui demeureroient éternellement à la porte de l'Hymen, si l'argent ne leur servoit de vehicule.

SCENE VIII.

Jaquet. Macine, Arlequin, Colombine.

JAQUET.

MOnsieur, je venons vous prier de nous donner un petit brin d'avis, en payant, s'entend, comme de raison.

Macine. Oüi Monsieur, je voulons faire les choses de bonne grace ; & s'il n'y a pas assez de quinze sols j'irons jusqu'à la piece neuve.

Arlequin. Ces gens là me prennent pour un Avocat ou un Medecin. Allez mes enfans, je ne vens pas mes paroles : mais dequoy s'agit-il.

Jaquet. De boutre la paix dans nôtre ménage.

Arlequin. Vous êtes donc mariés ?

Macine. Pas encore ; mais je pourrons l'être sans miracle avant jour failly.

Arlequin. Vous n'êtes pas encore mariés, & il faut un tiers pour terminer vos differens. Ah, ah... Eh, comment ferez-vous donc si vous l'êtes une fois.

Macine. C'est que Jaquet est un entêté, un vilain.

Jaquet. C'est que Macine est une évantée & une glorieuse.

Arlequin. Déja des invectives, voilà les naturelles difpofitions pour l'affortiment que demande l'Hymen.

Jaquet. Jugez fi j'ay tort?

Macine. Voyez fi je n'ay pas raifon?

Arlequin Un plus d'honnêteté. Vous êtes brufques comme des gens mariez.

Macine. Monfieur je fuis la plus riche fille du Bourg, & mon pere me donne en mariage quarante bons écus.

Jaquet. Sans vous démentir, ny a que cent dix livres.

Macine. Or, comme je nous difions tantôt queuque petite doucereufité amoureufe, je fommes venus de fil en aiguille à parler de nôtre mariage.

Jaquet. Ca eft vrai, & elle a euë la tamerité de me dire qu'alle vouloit que je lui fiffe un habit de la valeur de fon mariage.

Arlequin. Mettre fa dot en habits & en bijoux de noces , c'eft à prefent le grand ufage.

Colombine. Heureux le Mary quand cela n'excede pas.

Macine. Ca n'eft-il pas jufte, Monfieur. Il dit lui qu'il en veut acheter deux arpens de tarre.

Jaquet. Oiii, qui me rapporteront un bon revenu, au lieu qu'un habit, ça n'eft que de l'argent mort.

Macine. De l'argent mort da , j'ay pourtant oüi dire à une Madame de Paris, qu'une Procureufe de fes amies avoit un habit de velours vert cramoifi dont alle tetiroit cinq cens bonnes livres de rente. Bon an malan.

Arlequin. Et j'ai connu , moi , une femme qui faifoit valoir de fimples grifettes à un denier bien plus haut.

Macine. Oh , je fçai un peu vivre, va Jaquet, conte qu'une jolie femme un peu ajuftée vaut toûjours fon prix, & raporte fon revenu.

Colombine. Je trouve que Macine a raison, il faut toûjours suivre la grande route, & faire comme les autres.

Jaquet. Quoi, tout nôtre bien en un guenillon ?

Arlequin. Oüi, que comme les autres femmes, elle se mette satdot sur le corps ; d'eûtelle à leur exemple mettre dans quinze jours ses habits en gage.

Jaquet. Puisque vous le trouvez bon, qu'alle fricasse comme alle l'entendra, j'aurai le plaisir de voir ma femme braye. Adieu, Monsieur, & grand mercy.

Macine. Bon soir, Monsieur.

Arlequin. Bon soir.

Macine revenant. Mettrai-je de l'or sur cet habit, Monsieur ?

Arlequin. Oüi, des Diamans méme, si vous en trouvez à crédit.

Macine. Pour les Cornettes, je les prendrai de papier ? ça ne dure gueres, mais ça reluit beaucoup : Vôtre servante. *Ils sortent.*

Arlequin. Voila qui prouve bien que la vanité est de par tout. Mais, Madame, parlons d'autre chose, je vous aime, je vous l'ai déja dit. Je vous offre ici un établissement : faites mon bonheur, je tâcheray de faire le vôtre.

Colombine. Je vous ay déja repondu que mon cœur ne se donnoit pas deux fois. J'aime Octave.

Arlequin. Qui, ce Prince là…

Colombine. N'insultez point ? Mais le voicy avec un homme que je ne connois pas.

SCENE IX.

Le Docteur, Octave, Colombine, Arlequin.
LE DOCTEUR.

MOnſieur, Monſieur, voilà par le plus grand bonheur du monde, ce fils dont je vous ay parlé tantôt.

Arlequin. Qui étoit dans un poſte ſi éclatant. Vous aviez raiſon, il brille trois fois la ſemaine parmy des luſtres & des bougies.

Octave. Oüi, Monſieur, je ſuis Comedien. Mais vôtre Philoſophie n'eſt pas fort éloignée de la mienne ; & ma profeſſion comme la vôtre, eſt de corriger les hommes en les rendant ridicules.

Arlequin. C'eſt bien fait. Mais Docteur, ſçavez-vous que voilà une perſonne qui aſpire à être vôtre brû.

Le Docteur. On m'a tout conté, & je la prie de recevoir mon fils pour ſon mary.

Colombine à Arlequin. Conſentez à nôtre Mariage, & ſouffrez que nous nous établiſſions ici avec vous. J'ai eu toute ma vie un furieux penchant pour la Comedie, la belle occaſion de le ſatisfaire ! Nous compoſerons une Troupe admirable.

Arlequin. Je conſens à tout, à condition qui dans vos Piéces, vous ne loüerez jamais perſonne, & que vous ne ferez pas quartier à la moindre impertinence. Outre cela vous obſerverez, s'il vous plaît, les Loix que je preſcris à mes Citoyens. Je les ay miſes par écrit, écoutez. *Il li.*

I. QUe toute Charge s'abolice,
    Dans ma Ville nouvelle une ſeule me plaît.
Et je n'y veux pour toute Office,
Qu'un bon prêteur ſans intereſt.

II. Qu'avec mépris on regarde les biens,
   Qu'un coffre fort, une grosse marmite,
Ne fasse point tout le mérite,
De mes nouveaux Concitoyens.
Colombine. Adieu les Abbez bien nourris.
Arlequin. Je ne veux point de Faineans. Il lit
III Qu'un fat né regle point son estime grossiere.
Sur le dehors pompeux des carosses brillans.
Et quiconque a monté derriere,
Qu'il soit exclus d'entrer dedans.
Colombine. Si cette Loy s'observoit à Paris,
les deux tiers des carosses resteroient sous la
remises.

Arlequin lit.

IV. Je bannis ces Docteurs qui de mots assassins
Ont pour toute science, une longue tirade,
Et veux comme à Chaudray, que tous mes Me-
   decins,
Sçachent & ne rien prendre, & guerir un malade.
   Colombine. Oh, pour celui là, il est directe-
ment contre les Statuts de la Faculté.

Arlequin lit.

V. Qu'en intrigue à vingt ans toute fille soit
   neuve,
   Fût-ce un tendron aux coulisses nourry,
   Mais je défens à riche & vieille veuve,
   D'épouser un jeune mary.
VI. Sortez de mes Etats, brelandieres coquetes,
   Qui rassemblez joüeurs & galans confondus,
   Et chez qui tous les jours lansquenets & bas-
   settes ;
   Sont les jeux les moins défendus.
Colombine. Vous acheverez une autre fois le
reste. Voyons à present la nôce de Jacquet & de
Macine.

*Le Theatre represente un fort beau bocage. On
voit plusieurs Bergers assis auprés de leurs Bergeres
qui joüent de differens instrumens. Un Berger &*
une

une Bergere heroiques chantent ce Duo Italien.

La Bergere. *Mia Luce.*
Le Berger. *Mio Core.*
La Bergere. *Mia vita.*
Ensemble *Mia spene.*
Quando fia che triomphi, il nostro amore.
    Su queste spiaggie amene ?
La Bergere. *Mia Luce.*
Le Berger. *Mia core.*
La Bergere. *Mio core.*
Ensemble. *Mia spene.*
Quatre paysans dansent une entrée. Une Ber-
gere chantent.

Nous ne brillons jamais d'un éclat emprunté
     Nôtre beauté
Doit toute sa parure
A la seule nature ;
Nôtre teint n'est point frelatté,
Nous n'y mettons point de peinture ;
Et quand le hâle l'a gâté,
C'est avec de l'eau toute pure,
Que revient sa vivacité.
Un sabotier danse tout seul. Octave chante.
Le seul amour est inutile,
Parmi les amans de la Ville
Il faut par les presens exprimer son ardeur,
Pour attendrir un inhumaine ;
Il faut avec de l'or, que l'on forme la chaine,
Dont on veut arrester son cœur.
Un Paysan & une Paysane dansent.
Octave. Mais Monsieur le Philosophe, ne
voulez-vous pas aussi vous réjoüir : allons chan-
tons dansons en rond.

Arlequin. Je le veux bien. A la charge que
chacun chantera son couplet, & y mettra une
comparaison.

Octave. Volontiers-commencez.

Arlequin chante.

Comme l'hiver a des roupies,
Cerez des blez, Flore des fleurs;
Ainsi Paris a des harpies,
Greffiers, Sergens & Procureurs.

Octave chante.

Comme on voit pancher la balance
Du côté du poids le plus fort;
Ainsi femme à qui plus finance,
Se livre sans aucun effort.

Colombine chante.

Comme au Soleil cedent la place
Les nuages les plus épais;
Ainsi l'éclat du plumet chasse
Les grands & les petits collets.

Leandre chante.

Comme on voit que la pleine Lune
Par degrez monte au Firmament;
Ainsi j'en sçais donc la fortune
A commencé par le Croissant.

Mezzetin chante.

Comme les Abeilles habiles
Puisent des fleurs les sucs nouveaux;
Ainsi les Coquettes subtiles
Succent la bourse des nigauts.

Scaramouche chante.

Le fêtu d'abord piroüette
Qu'il est auprés de l'ambre chaud;
L'Ambre à Paris c'est la Grisette,
Et le fêtu c'est le Courtaut.

Arlequin chante.

Comme un Coucou que l'amour presse,
Prend un nid qui n'est pas à lui;
Ainsi l'Officier a l'adresse,
De pondre dans le nid d'autrui.
Ils dansent en rond, & la Comedie finit.

FIN.